持續狩獵史萊姆三百年，
不知不覺就練到 LV MAX 8

Morita Kisetsu
森田季節
illust. 紅緒

亞梓莎・埃札瓦（相澤梓）

本書主角。一般以「高原魔女」之名為人所知。轉生成為永保十七歲容貌，長生不老魔女的女孩（？）。不知不覺中變成世界最強，也遭遇過不少麻煩，但因此擁有了家人，非常開心。

哈爾卡拉

精靈女孩，亞梓莎的徒弟。是懂得活用蘑菇的知識，經營公司的優秀社長。但在高原之家，只是不分場合「出包」，專門負責耍寶的角色。本書刊載的外傳「精靈飯」的主角。

持續狩獵史萊姆三百年，不知不覺就練到LV MAX
She continued destroy slime for 300 years
Morita Kisetsu 森田季節 illust. 紅緒
8
©Benio

亞梓莎
職業：接受過神明祝福的魔女
等級：神級
體力：856
攻擊力：896
防禦力：788
魔力：超過999
敏捷：超過999
智力：超過999
特殊能力等
瞬間移動，空中飄浮，火炎，龍捲，鑑定道具，地震，冰雪，雷擊，支配精神，解咒，解毒，反彈魔法，吸收瑪納，理解語言，變身，創作魔法，創造結界，治療，讓幽靈換衣服，透明化
特殊能力等：草藥相關知識，憑藉魔女之力長生不老，增加獲得的經驗值，向四周散布幸運
獲得經驗值
50000000
©Benio

簡直就像社畜時代的體能回到
高中女生一樣身輕如燕喔！
©Benio

不死族貓獸人
朋德莉
魔王
佩克菈
©Benio

法露法＆夏露夏

史萊姆的靈魂凝聚而誕生的妖精姊妹。姊姊法露法是坦率面對自己心情的天真女孩。妹妹夏露夏則是關懷入微又善解人意的女孩。兩人都非常喜歡媽媽亞梓莎。

萊卡＆芙拉托緹

住在高原之家的紅龍＆藍龍女孩。萊卡是亞梓莎的徒弟，努力不懈的好孩子。芙拉托緹是服從亞梓莎的元氣女孩。同樣都是龍族，在各方面總是相互較勁。

別西卜

人稱蒼蠅王的高等魔族，魔族農業大臣。宛如姪女般疼愛法露法與夏露夏。頻繁往來於魔界與高原之家。是亞梓莎足以仰賴的「姊姊」。

羅莎莉

居住在高原之家的幽靈少女。
欽佩不避諱身為幽靈的自己，
更伸出援手幫助的亞梓莎。
雖然能穿牆，卻碰不到人，
還可以附身在別人身上。

我會一直跟隨大姊的！

桑朵菈

曼德拉草女孩。生長了三百年，
最後成為具備意識還會活動的個體。
是不折不扣的植物，棲息在高原
之家的家庭菜園內。雖然常固執己見
又愛逞強，卻也有害怕寂寞的一面。

梅嘉梅加神

讓亞梓莎轉生至這個世界的主因。
宛如具體表現這個世界，
是開朗又和藹可親，
而且個性隨便的女神大人。
特別優待女性，會不知不覺放寬標準。

朋德莉

不死族貓獸人，最討厭工作。特別愛玩遊戲。是個堅定的家裡蹲，甚至丟了性命，而且連死了都繼續家裡蹲。不過後來被別西卜帶回去，在魔族國度經營「陪人玩遊戲的店」。

我不要！我絕對不工作！

蜜絲姜媞

松樹妖精。從以前就負責主持結婚典禮而受到人們的信仰。但這項風俗最近逐漸荒廢，讓她心急如焚。認識亞梓莎等人後，在弗拉塔村建立了神殿（分院）。

穆穆・穆穆

綽號小穆，是惡靈國度「死者王國」的國王，也是早已滅亡的古代文明之王。厭倦死氣沉沉的人民（惡靈）而當起繭居族，不過與亞梓莎和羅莎莉交流終於重返社會（？）。個性很像關西人，喜歡使勁吐槽。

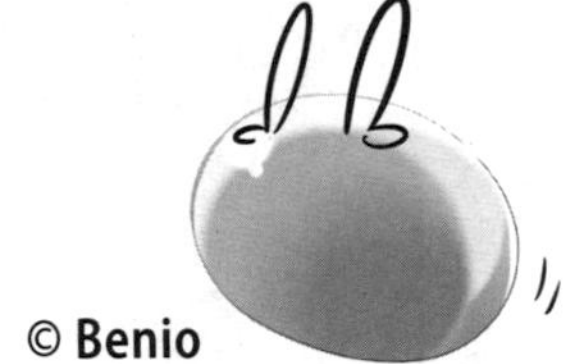

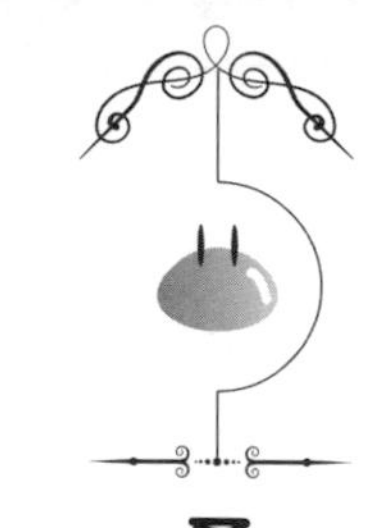

桑朵拉長大了

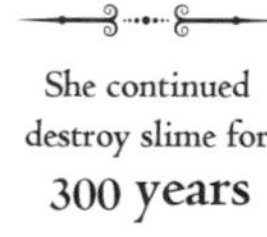

She continued destroy slime for 300 years

「啊，高原魔女大人，有您的包裹喔～」

我拿狩獵史萊姆的魔法石去公會換錢時，娜塔莉小姐告訴我。

「寄給我的包裹？究竟是什麼呢？我沒有印象呢。」

「這個呢，是諾拉伊州的阿普托克市市公所寄給您的。」

「那是哪裡啊……？」

頭一次聽到這個地名。那座神祕都市寄了什麼給我？

「地址寫得很清楚，『位於南提爾州弗拉塔村附近的高原之家，視情況麻煩寄放在工會』。我想應該沒有錯，另外這是包裹。」

娜塔莉小姐端出的盒子相當大。

若是力氣小的女性，抬起來的時候可能會想喊一聲「嘿喲嘿」吧。

不，女性應該不會喊什麼「嘿喲嘿」……

「不會一打開就啟動什麼魔法吧？」

「這種特殊魔法應該不多見。而且上頭還有市公所的證明印鑑，可以肯定是從市公所寄來的。」

「那就當場打開看看吧。如果有什麼問題就拒收。」

「高原魔女大人明明超強，卻非常小心謹慎呢……」

因為我經常被捲入麻煩之中。石橋就是用來敲的（註1）。

保險起見，我先施放解咒魔法。

只需要簡單的詠唱，就像保險一樣。

「嗯，應該也沒有施加詛咒。沒有危險。」

不過，既然沒有危險——該不會裝了麻煩委託的信件吧……

搭配委託信贈送在地特產，不顧我的意願送過來之類……

不，繼續擔心也無濟於事。打開來看看吧。

盒子內裝的是——

幾瓶裝了液體的瓶子。

「這是什麼啊？」

「魔女大人，您該不會下意識地訂購了魔女工作上的必需藥品吧？」

註1 日本諺語，比喻小心謹慎。

「拜託，娜塔莉小姐，我才沒有喪失記憶。即使活了三百年，依然是永遠的十七歲。」

線索倒是有。瓶子上頭附了一封信。

真的不是類似驅逐龍族的委託吧……？

致各位捐款人

非常感謝各位捐款人選擇阿普托克市繳納鄉村稅。收到的金額將會為了市政，小心謹慎地使用。

隨信贈送各位捐款人一些微不足道的回禮，敬請笑納。

阿普托克市市長　敬上

贈品內容

植物用最頂級肥料
「金牌草木成長液」
五瓶裝

「寄來的東西好像故鄉稅（註2）的商品喔！」

註2 日本為了平衡城鄉差距的一種稅制，捐款給地方政府可以獲贈當地特產。

不過第二張紙寫著申請者的姓名——

「總之，解開謎題了。」

◇

當天晚上我告訴申請者，鄉村稅的回禮已經寄到了。

「噢，來了嗎？我正想說差不多該送到了呢。由於師傅大人的名字比較容易明白，我才會填寫寄給您。抱歉晚一步通知您～」

申請者就是哈爾卡拉。

「因為經營工廠，不是得繳納高額稅金嗎？可是不論繳多少稅，連一句『感謝妳』的話都沒有呢。所以我心想，繳納鄉村稅還會收到感謝函，以及回禮，一舉兩得呢。」

真是像極了日本的故鄉稅體系……

「所以說，這些肥料是做什麼用的？」

「使用在桑朵拉妹妹身上，她應該會高興吧。就算選上好牛肉之類的回禮，桑朵拉妹妹也沒辦法食用。啊，肉我也已經訂了，應該總有一天會送來。因為我繳納了很多鄉村稅呢。」

看來在我不知情之下，哈爾卡拉繳了相當多鄉村稅。

「其實我也想送給羅莎莉一些用品，可是沒有地方政府會贈送詛咒人偶之類的回禮。」

「這種地方政府趕快破產吧。」

還有，我也不認為羅莎莉會想要詛咒人偶。她應該想要惡靈朋友。

不過哈爾卡拉的用心值得稱讚。畢竟居住在這個家的，不是只有人類而已。她能關心不同的家庭成員呢。

正好，曼德拉草桑朵拉從室外走進屋內。

「今晚風有點強，我要在室內過夜。否則葉片會吹壞。」

「好，沒關係。這也是妳的家，自由使用吧。」

桑朵拉見到裝肥料瓶子的瞬間，眼神頓時改變。

「那是什麼！看起來好美味呢！」

「光看瓶子就知道了啊！」

「妳能高興真的太好了。這可是園藝業界目前最受矚目的肥料喔。對桑朵拉妹妹應該也有很好的效果吧。」

「哈爾卡拉，妳真是好心呢！收入多的人果然內心比較從容，也比較善待他人！」

稱讚方式十分現實，不過還好桑朵拉對哈爾卡拉有好印象。

「那就馬上來到菜園使用看看吧。」

「嗯！嘗試以我的根部完整吸收！」

機會難得，我也到菜園來。

桑朵拉在這座菜園找到好位置，就會生長，或是進行光合作用。

她將腳伸入土壤中。

「桑朵拉，從上頭施肥吧！」

「來了。首先倒三分之一瓶喔。」

哈爾卡拉打開瓶子，然後一倒。

這時候，我感到不太對勁。

三分之一瓶相當多耶……

這種肥料可以一下子倒這麼多嗎？

果不其然，貼在瓶子的說明書上有這幾個字：「請加水稀釋二十倍左右」。

「哈爾卡拉，那好像不是用來直接倒的——」

「嘿～♪長大吧～沒有啦♪」

哈爾卡拉已經將肥料倒在插著桑朵拉雙腳的土壤中。

只見桑朵拉周圍的土壤都溼淋淋的。這種濃度真的好嗎!?

「嗚哇啊啊啊啊！身體癢得不得了！換做人類的話，就是大快朵頤最高級山珍海味的心情吧！」

桑朵拉發出酥麻的聲音。吸收肥料接近人類吃大餐吧。

舉止彷彿嘴裡塞滿了魚子醬。不過這種程度的話，只能算是小奢侈，還好吧。

可是桑朵拉的變化並不只如此。

「奇怪？桑朵拉妹妹是不是變大了？」

「欸？話說回來，剛才本來還發癢……我是不是變得愈來愈巨大？」

沒錯，眼看桑朵拉的身體愈來愈大！

但與其說變巨大，更接近急速成長吧。

不只是頭髮，手腳也跟著長長，但沒有猛到會變成巨人。

即便如此，也是百分之一百二十的驚人現象！

「這到底是怎麼回事啊……」

幾秒鐘後，在我們的面前──

出現成為身體豐滿的女性，成人版的桑朵拉！

「怪了，衣服變得特別緊……肚子有膨脹得那麼大嗎？可是連手和腳都變得好緊，真是奇怪呢……」

我和哈爾卡拉都驚訝得合不攏嘴，盯著桑朵拉瞧。

彷彿從原本嬌小的孩童突然變成植物界的女王一樣。

「呃，這個……我先向妳道歉，桑朵拉妹妹……應該說桑朵拉小姐。我弄錯分量了……結果效果太強……」

「咦，這是什麼意思，哈爾卡拉。難道肥料必須一點一點品嘗嗎？」

桑朵拉似乎尚未清楚認知到發生在自己身體上的變化。

「桑朵拉，妳先進屋子裡，照照鏡子吧……」

「什麼啊，意思是肥料太強，連臉都鼓起來了嗎？」

變化沒有這麼細微。

一照鏡子後，桑朵拉的尖叫響徹高原之家中。

◇

家人聽到動靜立刻聚集，導致混亂進一步擴大。

「亞梓莎大人，請問這一位是誰？是桑朵拉妹妹嗎？」

© Benio

「萊卡妳真笨。怎麼看都不是桑朵拉，而是別的植物系妖精吧。」

瞧不起萊卡的芙拉托緹才弄錯了。真是可惜，芙拉托緹。

「哇……簡直變了一個人呢……原來這就是成長期啊。身為幽靈的我從未體驗過呢。」

羅莎莉，這種現象無法以成長期的概念解釋。絕對是肥料的關係。

還有，兩個女兒似乎不知道如何解釋這種情況，愣在原地。

「桑朵拉小姐，是大人呢。長大了呢……」

「意想不到的下剋上。夏露夏又變成年紀最小的孩子了。」

至少法露法與夏露夏似乎都不太開心。

原本當成妹妹的小孩突然變成大人，心境難免複雜吧。

另一方面，桑朵拉正目不轉睛盯著自己的手腳。也難怪她會在意。

「這個身體很大，看來很難潛入地面下……不過走路可能比之前輕鬆不少。還有，感覺光合作用的效率變好了。」

看她的反應，實際感受到桑朵拉果然是植物。

「怎麼樣，桑朵拉？對身體有不良影響嗎？」

「這倒是沒有。我才不會因為強效肥料而枯萎。畢竟我也生長了這麼久，別將我與隨處可見的一年生草本廢物相提並論。」

別貶低一年生草本好嗎！

「不過葉片長得真是長呢，剪掉一點可能比較容易活動。即使是葉片，也是魔女們想要的東西吧。分給她們倒是無妨。」

相當於頭髮的葉片部分也大幅成長。

「話說哈爾卡拉，知道怎麼復原嗎？」

「非常對不起。為了避免這種錯誤再度發生，今後會徹底加強安全管理。謹向各位受害者與家屬致上歉意。」

這段話好像以社長身分開道歉記者會。

「換句話說，妳不知道嗎？」

「實在太缺乏前例了……沒辦法……」

的確，像人類一樣跑來跑去的曼德拉草就已經超稀有了，哪來什麼前例啊。

「沒辦法。先準備成人版桑朵拉可以生活的環境吧。」

首先該做的，就是準備衣服。

目前她的胸口似乎極端緊繃。這是在氣我嗎？

「哈爾卡拉，妳的衣服借給桑朵拉穿吧。」

「知道了。我會提供受害者最大限度的援助。」

「別用這種道歉記者會的語氣說話。」

——然後讓桑朵拉穿哈爾卡拉的衣服。

「胸口還是很難受呢。我需要更大件的衣服……」

「存心氣我嗎！這句話是什麼意思！」

「哈爾卡拉，怎麼連妳也在生氣啊！」

向水滴妖精悠芙芙媽媽借了衣服穿，結果尺寸剛剛好。

於是，成人版桑朵拉的生活就此開始。

不過內在沒有改變，我原本以為日常生活不會有太大的差別。

隔天，法露法與夏露夏邀請桑朵拉念書。

兩人一直負責教導桑朵拉識字與讀文章。

「桑朵拉小姐，今天來讀這本書吧。」

「新的詞彙事先在這裡做了筆記。拼字只要各寫十遍記住即可。」

看起來好像小孩子教大人念書，感覺真奇怪。

不過，接下來卻不一樣。

「噢，這點程度我全都會唸會寫，所以不需要了。可以給我更難的內容。我想想，夏露夏妳的歷史書借我。」

不只是身體，竟然連頭腦都成長了!?

「這個，學問不能逞強，必須一步一步前進……因為學問沒有捷徑……」

「我沒有逞強。這樣好了，我讀給妳們看，拿給我吧。」

連夏露夏都慌了手腳，任何老師碰到這種情況都會混亂吧。

然後，桑朵拉流利地閱讀夏露夏捧來的歷史專門書籍。

「噢，原來如此。以前一直強調這個王朝滅亡的原因，是政治的腐敗造成，但光憑這樣解釋是有問題的。那個時代，農地開發已經達到文明等級的飽和狀態，是社會矛盾造成整個國家動盪。即使陷入這種窘境，政權卻無法採取正式的對策。結果才會引發叛亂。」

雖然聽不太懂，但是這番話聽起來好聰明！

「桑朵拉小姐，竟然已經理解了……」

「想不到會有這種事……夏露夏，彷彿見到了人文科學的極限……」

比起桑朵拉本身，法露法與夏露夏遭受的衝擊似乎更需要關懷……

之後，桑朵拉的金手指級學力依然持續。

「幾何學可以解答到這裡，代數則是那裡。」

「桑朵拉小姐，好厲害……這部分連妹妹夏露夏都解不了呢……」

連法露法都眨眼感到驚訝。

即使並非專攻數理，但桑朵拉掌握的學力竟然超越了喜歡念書的小女孩夏露夏……

如果肥料原液整瓶倒下去，該不會成為史上最聰明的植物吧……？

但她如果說要毀滅所有對植物造成不良影響的人類，那可就傷腦筋了，所以這種實驗我絕對不做。而且要是對她的身體造成不良影響，可不是開玩笑的。

「比起地面，待在室內更冷靜。夏露夏，有沒有好的詩集之類。我想在寂靜的夜晚，獨自唸幾首詩呢。」

她開始說出自我感覺良好的話了！

目前她和外表一樣，絲毫沒有小孩的模樣！

「知、知道了……夏露夏，從房間找出幾本來……」

連夏露夏都招架不住。

她如此急速成長，大家對待她都費盡了心思。感覺就像從小學一年級突然變成碩士。

「那麼，哈爾卡拉，有件事可以拜託妳嗎？」

被桑朵拉一喊，哈爾卡拉頓時一驚。

「這個……您有什麼事情嗎？」

「妳是精靈，所以也很了解植物的肥料吧。可以帶我到販售大量肥料的城鎮嗎？」

哇，她變得特別積極耶！

「尤其是散發香氣，像香水的液體肥料更好。還想考慮一下時髦性呢。」

居然想用肥料代替香水！

可能由於身體變大，還散發出女人味呢……

即使身為母親角色，我也不知道該怎麼應對……

「我知道了。明天工廠我會請假，我帶妳到鎮上的店鋪吧……畢竟這原本是我的責任……」

哈爾卡拉的確無法拒絕。

但是現在的桑朵拉，與體質特別容易惹麻煩的哈爾卡拉一起出門，很難說不會發生什麼事。不，發生的機率很高。

「我也要一起去。因為扮演桑朵拉母親的可是我呢！」

「欸~亞梓莎妳也要來嗎？當母親的一起跟來，很難為情耶……」

桑朵拉面紅耳赤。這難道是青春期的害羞方式!?

活了三百年以上，我終於體驗（？）到有個青春期女兒是什麼滋味了。

「又不是牽手，沒關係啦。好嗎？好嗎？」

不知不覺我屈居下風。如果惹她生氣，她說不定會禁止我跟著去。

「是可以，但是別太當我是小孩喔。畢竟我已經是大人了。」

「嗯，知道了。這一點我會遵守。」

如果我現在有手機，真想搜尋「女兒　青春期　養育方式」。

可是以前的孩子們都很年幼，才從未設想過，但女兒也是會長大的。

現在就當作練習，認真地對待她吧。

◇

隔天，我們乘坐龍型態的芙拉托緹，飛到南堤爾州的首府維達梅。

「這裡應該也有園藝用品店，理論上也會賣肥料。」

「嗯，不過在那之前，我也想逛逛服飾與飾品。」

她在意自己的容貌，完全就是吾家有女初長成。

「主人，她打算花錢買衣服喔。衣服明明只要隨便穿父母買給自己的就行了。」

芙拉托緹還是老樣子，想法好像男校的高中男生。實在太兩極化了。

「不如說，夏天根本可以不穿衣服。真是浪費錢。」

「怎麼可以不穿！不可以露出野性風格！」

看來這可能是相當困難的考驗。

萊卡雖然外表是可愛的少女，卻有出身高貴的大小姐風範，因此我從未在意過管教問題。反倒是我還得請教她。

羅莎莉有些太妹成分，但卻十分信賴我，所以我也沒煩惱過該如何對待她。

以上這番話的意思是，我缺乏與難以捉摸的妙齡女子相處的經驗……

快想起來，自己還是高中女生的時候是什麼樣子？

由於我以前的現實人生太不充實了，沒辦法參考！

在我獨自煩惱的期間，桑朵拉與哈爾卡拉走在城鎮的馬路上。

路人不時轉過頭偷瞄。

我很清楚，路人的視線都朝向胸部。

巨乳果然會吸引目光……實際上即使是女性，我也不敢說完全沒有胸大講話就大聲的文化……

當然，不只是胸部，桑朵拉的容貌也毫無疑問是美少女。

由於我一直看著平時傲慢的她，才有種女大十八變的感覺。

如果早知道她會長成這樣的美少女，就算不是光源氏也會想養育她。

眼看桑朵拉進入女用服飾店，我和芙拉托緹也跟著進去。

「每件衣服都好貴……省下錢吃肉還比較有意義……」

芙拉托緹說出女子力低到不行的話，但我充耳不聞，注視桑朵拉。

看來她似乎選了幾件衣服，要在更衣室試穿。

店員的反應是「客人穿哪一件都好看～」不知道有多少是真心話。

不過老實說，只要由美少女穿著，即使有些冒險的服裝都好看。另一方面，就算是模特兒穿過的完全同款服飾，讓容貌微妙的人穿就會產生不合身的感覺……

換衣服的過程中，我和哈爾卡拉對話。

「她與外表同樣成熟，比平時的她更容易應對。這麼一來即使只有我也ＯＫ，絕對沒問題。」

「或許是這樣沒錯，但是身為母親角色，我有旁觀的義務。」

過了一段時間後，桑朵拉走出更衣室。

「怎麼樣？這件是我最喜歡的喔？」

嗯，很合身，很漂亮。有機會進入演藝界喔。可是——

「裙襬太短了！重挑！」

迷你裙款式可不行。像是走樓梯的時候，會被偷窺！

「欸？這種長度在這年頭很普通啦。大家都這樣穿耶。」

『大家』是指誰啊。妳的朋友沒有穿迷你裙的女孩吧。

「不行！不檢點的打扮不適合高原之家！禁止底褲可能走光的穿著！」

「好啦好啦。哎……亞梓莎果然很頑固呢……」
桑朵拉似乎有想說的話，但還是接受我的意見，改挑一款裙襬稍微長一點的款式。雖然感覺仍然很短，但還在可以妥協的範圍。
穿新衣服來到鎮上，桑朵拉頓時吸引比剛才更多的行人目光。
甚至還聽到「喂喂，有看到嗎？」「是超可愛的美少女呢！」這樣的聲音。
「糟糕……希望沒有壞蟲子來騷擾。」
「主人，因為她是植物才會有蟲子嗎？這句話說得真好呢。」
「芙拉托緹，我不是刻意要講笑話的……」
之後，桑朵拉真的買液體肥料代替香水，連鞋子和飾品都添購，花了不少錢。應該說，何必買液體肥料，買真的香水不是比較好？
短短一小時左右，桑朵拉的時髦程度就不斷提升。原來她長大之後，變成了這麼重視時髦的女孩呢。
「桑朵拉她真是得意忘形。鞋子只要有一雙耐穿的就夠了。對不對，主人？」
「或許妳應該熬幾根桑朵拉的頭髮服用吧……？」
平衡還真是困難呢。
桑朵拉與哈爾卡拉兩人走在前頭。

我和芙拉托緹在後方加以監視。

哈爾卡拉也負責監視桑朵拉，算是雙重監視。

然後，可怕的事情終於發生了。

「欸欸，兩位美女，要不要去喝茶？」「別看我們這樣，其實是貴族喔。」

被看起來很輕浮的褐髮男二人組把妹了！

※不過褐髮並非染色，應該是原本的顏色。

「那女孩是精靈吧？妳是什麼種族？髮色與人類有微妙的差距呢。」「任何種族都無妨，要不要去玩？」

把妹手段簡直明顯到不能再明顯，反而像是傳統技藝。

但是我可沒辦法再旁觀下去。身為家長必須阻止才行。

話說我的外表也是十七歲，該不會有人把我吧……？會有這種情況發生嗎～到時候再隨口找個理由推辭。反倒是如果只有我被忽略，會感到很不爽。

不過我不知道怎麼應對別人的把妹手段呢……某種程度上，可能比與魔物戰鬥更困難……

這時候，一旁傳來殺氣，或者該說類似怒氣的感覺。

「主人，將那兩人凍成冰塊吧！他們簡直瞧不起人呢！」

糟糕，芙拉托緹太有攻擊性了！

「這樣太過火了，別這樣吧……」

結果變成我在勸阻芙拉托緹。

否則兩個把妹男會被痛扁一頓……

「為什麼要阻止呢？那種毫無內涵的人就該冷凍個一兩次才對。如此一來，他們就會知道自己有多寒酸！」

「不行！這只是物理上的寒冷而已！會死人的！」

雖然不能對桑朵拉（與哈爾卡拉）置之不理，但也必須阻止芙拉托緹才行。怎麼這麼忙啊！

像哈爾卡拉的話，多半會輕易跟對方走……我還是出面勸阻比較好……

不過，這些擔心都是杞人憂天。

「不好意思，你們不是我喜歡的類型。」

桑朵拉極為冷淡。無視把妹男，跟著邁開腳步。

結果為了照顧她而跟來的哈爾卡拉被她丟下。

「等、等一下！」「我們不會亂來的！不用這麼提高警覺！」

把妹男還不肯罷休。不過說這種話，代表打算亂來吧。肯定不會認真聊起神明的問題。

此時桑朵拉一轉身，望向把妹男。

露出不悅的表情，伸出右手指著兩名男子。

「知道嗎？你們兩人的軀幹太細了！簡直弱不禁風！內在空空洞洞的！如果男人的中心沒有粗壯一點，女人怎麼會傾倒呢！多充實自己的軀幹！至少要練到從外表看不出軀幹瘦弱後，再來嘗試！」

面對桑朵拉氣勢洶洶，兩名把妹男也認栽表示「好、好的……」「知道了……」。

哦，桑朵拉這番話說得很有力喔。太好了，太好了。還好她沒和把妹男玩在一起……她並非不良少女……

照這樣看來，只讓桑朵拉和哈爾卡拉兩人同行也沒問題吧。既然對男人沒興趣，被捲入麻煩的機率也會大幅降低。

「現在的桑朵拉小姐好帥氣喔。若是我的話，可能會覺得一起喝杯茶也無妨呢～」

哈爾卡拉果然毫無危機感！拜託妳稍微自我防衛一下！

「因為那些人的軀幹太脆弱了。好啦，既然東西買完了——」

現在要回去了吧。雖然似乎花了不少錢，但偶一為之無妨。

「——機會難得，試著去找些好男人吧。」

等一下。

她要去找男人!?

那怎麼行！絕對不可以去！

「呃，桑朵拉小姐……這種事情會不會太早了……」

連哈爾卡拉都出言阻止。好，她總算認真地完成使命了。

「不如說，女孩子一起去比較放心喔～」

妳在約她什麼啊！

看來還得繼續監視才行。話說她明明和我一起飛來此地，還公開說要找男人……？我一直從後面盯著喔。雖然我只是一直跟在後方而已。就算心裡想，也別說出找男人這種話嘛。

「妳還真是囉嗦呢，哈爾卡拉。有什麼關係，看看就好，只是看看而已。」

只是看看？難道戲劇舞臺上會有帥氣演員登場？不，沒這回事吧。

總而言之，不可以置之不理。

眼看桑朵拉不斷往前走。

我也追在後頭。

邁開雙腳，大步前進。

變大的桑朵拉，腳步也十分輕快。

說不定她能快步走之後，發現光是走路也很開心吧。

哈爾卡拉在一旁拚命追趕。

「請問，桑朵拉小姐，您要去哪裡啊？去找男人實在不太好吧……看，要是師傅大人知道了會擔心的——應該說。」

然後哈爾卡拉轉過頭看向我們。

「師傅大人與芙拉托緹小姐一直從後方盯著我們呢。這樣反而不能做奇怪的事情，其實還好耶……還有，我跟來幾乎沒什麼意義呢。」

雖然哈爾卡拉說得很白，這一點我卻無法否認。

「也對。那可以四個人一起去。亞梓莎，芙拉托緹，我們一起找吧。」

只見桑朵拉停下腳步，等待我們。

「一起找……我說啊，我可不認同這種找男人的事情。不論有任何理由，身為母親都不能同意。」

「所以我說只是看看而已嘛。我也是有分寸的，不會做什麼不正經的事。我可是很愛護自己的身體呢。」

她既然對我說得這麼斬釘截鐵，我也可以放心了吧。

她摸了摸自己的頭髮，應該說葉片。

「因為只要出賣自己的身體，魔女就會掏出很多錢吧。這可是珍貴的生財工具呢。」

「拜託！女孩子怎麼可以說出賣身體這種話！」

「師傅大人，她應該是指葉片！沒有下流的含意！」

「哈爾卡拉，我當然也知道！雖然知道，但這是用語的問題！」

桑朵拉變成不良少女了……不，雖然沒有料到她的身體會長得這麼大……不過隨著身體成長，各種知識似乎都能媲美成人了。

「真是的，亞梓莎妳太反應過度了吧。畢竟大家都長大了啊。長大成人後，就會開始化妝，或是對各種事情產生興趣吧。就像植物發芽，不久後綻放花朵一樣。」

變得十分現實主義的桑朵拉，反而露出錯愕的表情看著我。

可惡，竟然變得這麼人小鬼大……

「所以再讓我玩一下嘛。我真的會掌握分寸的啦！」

「唔，雖然很想相信她，但是她那種年紀的女孩，很容易被男人拐走呢……畢竟男人都是大野狼……」

然後桑朵拉再度邁開大步離去。

「主人，狼的味道十分獨特，並不好吃呢。還是鹿比較美味。」

「芙拉托緹，那是指食物吧……」

「話說主人年輕的時候，有沒有差點被男人騙的經驗呢？」

芙拉托緹純粹地發問。雖然很想說她真沒禮貌，我還很年輕呢，但我年齡已經超過三百歲，所以我回憶上輩子的事情思索一番。

「…………沒什麼被騙的經驗呢。甚至沒被把過。」

聽起來很和平，但該說這相當難過，還是不甘心呢……或許我也想被人把一次也好……

自從成為魔女後，我受到一般人的敬畏，從不記得有人視我為談戀愛的對象。

哎呀，難道我一點都不受歡迎？不對，我還有女兒，沒關係！

——此時，剛才走在前頭的桑朵拉，聲音從轉角處傳來。

「哇，好男人！軀幹也十分結實呢！」

「拜託，她真的在釣男人嗎？我想起自己年輕的時候了！」

芙拉托緹也跟在腳步急促的我身旁。

「芙拉托緹年輕的時候也曾經找過男人呢。」

「是的。如果有看起來很強的龍族男性，會要求與對方較勁。」

戰鬥民族喔。

「哎呀～其他龍族似乎都嚇得退避三舍，藍龍族一直很難找到結婚對象呢～」

「這一點很容易想像，但首先要保護桑朵拉！」

理論上桑朵拉不像萊卡或芙拉托緹一樣實力超強，所以與男性冒險家惹出糾紛就糟了。

我們也轉過拐彎，前往桑朵拉的所在位置。

只見一棵雄偉的大橡樹聳立在眼前。

桑朵拉抬頭仰望大樹，十分興奮。

「呀～！這男人好帥喔！雖然生長在城鎮中，卻緊緊扎根在地面上呢！沉默寡言這一點也超帥的！」

桑朵拉的模樣簡直就像對男性偶像發出尖叫聲的女孩。

「原來男人是指樹喔！」

對啦，畢竟她是植物嘛！對植物產生興趣也不足為奇！虧我還擔心她。還有，這樣既不會惹出麻煩，也能謹守分寸了！

「嗯，不錯。男人就該看軀幹。軀幹如果不結實，就沒有威嚴呢。」

搞半天軀幹不是比喻，就是字面上的意思嗎？

不知不覺中，連哈爾卡拉都一起開心地抬頭仰望大樹。

「哎呀～真是壯觀呢～這棵橡樹可是四百年的老樹喔，甚至散發出從容的感覺。」

「哈爾卡拉，妳也很懂耶。枝椏也很好看喔。」

「對呀～這就是成年人的魅力吧～」

「對我而言刺激可能還太強烈了，光是觀賞就很滿足啦。」

老實說——

我完全聽不懂她們在說什麼。

看起來絲毫不會因為釣男人惹出麻煩，這一點倒是放下了心。

之後，桑朵拉又找了好幾棵帥氣的大樹，熱情地觀賞。

哈爾卡拉也同樣情緒高亢，等於四人中有兩人興奮不已，但我和芙拉托緹都興致索然。

「呀～！這也太刺激了呢！」

「真是的，拚命散發費洛蒙呢～」

是這樣的嗎？在我眼中只是一棵平凡無奇的樹。

「哇～那一位是好女人呢，散發女性的魅力喔。」

「即使是中老年依然閃耀動人呢，這就是美魔女嗎？」

這次的樹木是女性啊……我也是高原魔女，所以對美魔女這種比喻感到混亂。

「主人，芙拉托緹肚子有點餓，想去烤肉吃到飽的店鋪。」

「妳的男學生價值觀也太強烈了吧。」

不過，桑朵拉始終貌似非常開心。看到她的模樣，就感到十分窩心。

如果將桑朵拉當成女兒的話，等於我正在目睹女兒的成長。

這時候，桑朵拉轉身面對我。

「好啦，既然好男人也看了不少，該去找找亞梓莎妳們喜歡的東西了。」

「我們喜歡的東西？」

「對啊，例如服飾或藥品之類，總會有喜歡的東西吧？」

啊，這就是與女兒一起逛街的樂趣吧。

雖然我自認為還很年輕，實際外表也維持十七歲，不過有一個長大的女兒，享受這樣的母親心境也別有一番樂趣。

「嗯，那就請妳陪我走一趟囉！」

「既然這樣——」

桑朵拉主動牽起我的手，拉著我走。

「——就馬上出發吧！那邊有間我感興趣的店鋪喔！」

「桑朵拉，妳的行動力提升了不少呢！」

「因為可以四處活動啊！身體也完全不會累！」

哈爾卡拉不小心施加太多肥料，桑朵拉因而掌握了幸福。人生就是這樣，無法預料什麼事情會產生積極作用。

然後我們四處逛女性偏好的店鋪與攤販之類，很正常地享受購物的樂趣。

「嗯～羊肉串燒真是香氣四溢呢！」

芙拉托緹很快就雙手拿著串燒，大快朵頤。

不是左捧右抱，而是左一串右一串嗎？

其實像這樣來者不拒，大吃大喝的女性也頗有魅力。

女子力這個詞會施加像是『女性應該要這樣』的壓力，但我認為在任何方面散發魅力就足夠了。只不過芙拉托緹可能有些過了頭……

「這味道好香啊。雖然比幼小的時候更加明白，但卻不覺得美味呢。」

「畢竟是植物啊，沒辦法。那就到那邊看看飾品之類吧。」

「我對飾品沒興趣——雖然想這麼說，不過身體變成這樣後，倒是產生了一點興趣呢。」

總覺得整體而言，桑朵拉變得比較坦率了。這也算是變成熟了嗎？

「有什麼想要的東西，我可以買給妳。我們家的經濟很健全。」

「對啊，哈爾卡拉開工廠賺了不少錢呢。」

哈爾卡拉在後方得意地挺起胸膛。呃，這可得分開計算喔，我才不會挪用哈爾卡拉賺的錢呢。

桑朵拉在販售飾品等小配件的店鋪，買了鑲有紅色寶石的髮飾。

「原來妳喜歡這個啊。」

「老實說，我還不太清楚是否適合。不過覺得逐漸掌握時髦也是一件好事。畢竟不像以前獨自生活那時候，大半時間都在土壤中度過。」

這時候桑朵拉露出害羞的表情。

「就算衣服沾到泥土弄髒是無可奈何……但我也不喜歡全家就我一個人只有身上這件衣服……」

會在意時尚是很自然的。看來那些肥料的確有效果。

我將手置於桑朵拉頭上輕拍。

「也對。想變時髦的話就說出來吧，我幫妳出錢。」

陪伴妙齡的女兒買東西真不錯。

似乎還有些難為情，不過桑朵拉面紅耳赤地微笑。

「嗯，到時候就拜託亞梓莎妳了。」

「師傅大人，太陽快要下山了呢。」

聽哈爾卡拉這麼說，我才發現天空已經轉為橘色。

「真的耶。差不多該回去囉。」

法露法與夏露夏她們都在等著開飯，今天輪到我煮晚餐了。

「亞梓莎，再稍微等一下！」

桑朵拉急忙分開後，迅速跑向馬路另一邊的店鋪。

她還有中意的店家嗎？反正機會難得，就等她一下吧。

© Benio

我們三人等了十分鐘左右，桑朵拉隨即回來。
她的手放在後面，似乎拿著什麼。
「桑朵拉，妳買了什麼呢？」

「亞梓莎……………………這個，送給妳！」

她迅速地給我的，是以紅花為中心的花束。
「咦，謝……謝謝妳……不過，為何會送這個……？」
我有些茫然，反覆看著花束與低下頭、手伸到我面前的桑朵拉。
「這、這是感謝的心情！……之前受到妳的照顧，所以這是回禮！因為很難為情，別讓我說太多！趕快收下嘛！不要白費了花朵的生命！」
有種飛鏢射中內心正中央的感覺。不過桑朵拉遞過花朵，總覺得也好像獻上同胞的生命一樣……
不過這些事情先擱在一邊。
「桑朵拉，謝謝妳，謝謝妳！」
我連同花束，緊緊摟住桑朵拉。
「妳真的成為好孩子了呢！我好高興！原本以為妳變成不良少女，還好完全沒這回事！」

「難得買的花會折斷吧……真是的……」

即使嘴上抱怨，桑朵拉依然沒有拒絕。

這才是母親與妙齡女兒之間正確的關係吧。

◇

過了幾天，桑朵拉變回原本小不點的模樣。

「肥料的效果似乎沒了……」

在全家團聚的用餐時間，家人之間最矮小的桑朵拉走了進來。

法露法與夏露夏似乎都鬆了一口氣。

「桑朵拉還是小小的比較好。」

「這種模樣比較放心。劇烈的改革並非好事。」

雖然女兒們應該是沒辦法扮演姊姊才有這樣的意見，所以不能完全當真。

「怎樣，桑朵拉？還要使用肥料嗎？」

桑朵拉摸著頭上的髮飾，煩惱了一段時間，但還是笑著回答。

「暫時維持這樣就好。那些肥料只在特別的時候才用。」

之後，桑朵拉身體變大時大幅提升的學力似乎又恢復了原狀。法露法與夏露夏雙胞胎對這一點也鬆了口氣。

附帶一提，桌子上放了一個花束顏色依然鮮豔的花瓶。

這是桑朵拉送給我當禮物的花。

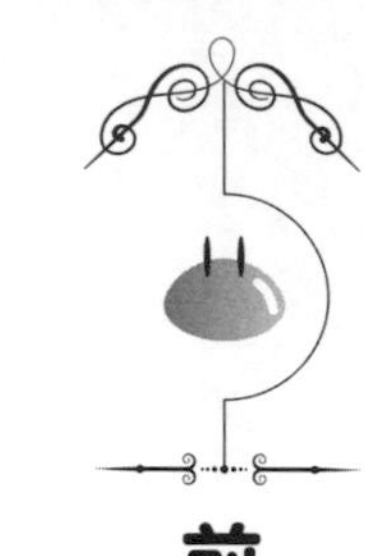

前往魔族的遊戲店

「妳們過得還好吧～尤其是女兒們，過得都好嗎～」

吃晚餐時，別西卜很正常地前來。

「已經吃過飯了嗎？還沒的話要不要一起吃？今天買到不錯的無花果，所以加在醬汁裡囉。」

已經不會有人對別西卜前來感到驚訝，就像住在隔壁的鄰居一樣。不過高原之家附近沒有任何房屋，所以嚴格來說不算隔壁。

「那就不客氣啦。小女子也帶來在寒冷地帶栽種的超酸葡萄與超酸檸檬當伴手禮哪。」

別西卜拿出超大顆的葡萄與檸檬。

「拜託帶些甜的水果來嘛……聽名字就覺得很糟耶……」

「魔族就是喜歡這股酸味哪。早上用這些擠成果汁，一杯就清醒啦。對宿醉也特別有效！」

She continued destroy slime for 300 years

「那就收下來，給哈爾卡拉用吧。」

「咦！為什麼變得好像我專用的一樣啊！」

雖然哈爾卡拉抗議，但我見到她因宿醉而臉色發青的頻率很高，所以無視她的抗議。

一杯飲料就能恢復的話，可是相當便宜呢。

別西卜理所當然地拿過放在房間角落的椅子，坐在法露法與夏露夏之間。感覺就像家裡的一分子。

「話說別西卜小姐，請問這一次有什麼事情嗎？」

萊卡似乎也習慣如何應對別西卜了。

大致上她都會提出委託，或是招待我們之類。如果什麼事也沒有，她會帶更多的伴手禮。

看來在魔族之間，似乎認為兩手空空登門拜訪不太好。

「妳應該知道，我們魔族前幾天已經與沙沙・沙沙王國祕密締結邦交了吧。」

因為當時我也在場。

沙沙・沙沙王國是僅由惡靈成立的國家，古代文明的末路。

雖說是末路，但她們當惡靈倒是當得很開心，所以沒什麼問題。

只是萬一被人類發現，很難說不會遭到除靈。所以佩克菈在魔族那邊也沒有公開發表。

反正魔王身居頂點，代表魔族世界的制度並非國民主權，所以魔王可以自行建立邦交吧。

「我們已經請沙沙・沙沙王國傳授了一部分古代魔法的技術。范澤爾德城下町今後肯定會愈來愈繁榮哪。」

「那可真是宏大的計畫呢。」

萊卡十分單純的稱讚，但這可是魔族達成技術革新。看在害怕魔族的人類眼中，多半就是嚴重情況了……

「聽說馬上就有一間採用古代魔法的店鋪開張了。去看看如何？經營者可是妳們認識的對象，應該正好哪。」

既然是我們認識的人，對象自然有限。

「該不會是武史萊小姐為了賺錢，開了什麼店吧？」

提到唯利是圖，就想到武鬥家武史萊小姐。

「不對，總之先看看傳單吧。尤其是法露法與夏露夏，對孩子而言很有趣哪～」

別西卜拿出的傳單上，以人類的語言寫著這些內容。

應該是特地幫我們翻譯過。

遊戲中心
朋☆德莉
開幕！
能力過人的遊戲創作者
不死族朋德莉
充滿創造力
保證前所未見
創造出劃時代的
娛樂方式！

「這張傳單上沒什麼資訊耶……」

只知道這是朋德莉開的店。那女孩不愧是藺居期間一直玩遊戲，對這方面十分熟悉。她應該還設計過卡牌遊戲，有這種能力。

「古代魔法必須謹慎使用哪。目前僅止於限定範圍內，但如果在朋德莉的店鋪順利運用，將來就打算擴大範圍哪。特別贈予妳們在開幕之前遊玩的權利！」

別西卜前來的原因就此揭曉。

「換句話說，要我們當這間店的實驗白老鼠吧。」

「真是難聽！是招待妳們優先光顧新開的店。妳們可要心懷感激哪！」

估計多半會惹出麻煩，但另一方面也可以感謝她。

目前三個女兒看起來也萬分期待。

「遊戲中心……雖然不太清楚，卻是讓人雀躍的詞……宛如連花朵都會綻放。」

「法露法也好興奮喔！」

「如果不提高警覺，可能會不斷砸下大筆金錢。零用錢應該事先決定用途才是明智的選擇……想提醒自己別忘記勤儉樸素的心……」

不愧是遊戲中心。某方面來說，這個世界上孩子能玩的遊戲十分有限，或許剛剛好呢。

不過法露法與夏露夏都正常地享受念書與研究的樂趣，倒是沒什麼問題。

「媽媽！趕快去吧！法露法，想玩玩看！」

「有必要前去驗證一番。」

「我、我其實沒那麼感興趣……但既然受到招待，不去也不好意思……」

桑朵拉的傲嬌實在太顯而易見了，好可愛。傲嬌果然是孩提時代最好。因為年紀一大，難保不會變成單純的煩人精……

另外還有基於不同動機而十分興奮的女孩。

羅莎莉在天花板附近飛來飛去。

「遊戲中心……身為惡靈，不知為何聽到這個詞，就想盤踞在那裡呢！」

不良少女嗎！不良分子聚集場所的想法喔！

附帶一提，羅莎莉雖然不會做壞事，但她屬於惡靈一類。由於沒有任何留戀的靈體會轉世，無法以靈體存在於世上。所以留在世界上的靈體，在定義上全都等於惡靈。

目前羅莎莉有什麼留戀是個謎，但機會難得，就讓她留在這片土地上吧。

總而言之，事情就此決定。

「好，大家一起去遊戲中心玩！」

◇

於是我們全家來到范德澤爾城下町。

以前來過好幾次，也逐漸熟悉了這裡的街道。一定程度上掌握了大馬路上有什麼店。

當然，這種遊戲中心似乎也不會開在大馬路上。

「店鋪位置有些偏僻。畢竟大馬路的地價昂貴，只有生意興隆的店家才負擔得起哪。所以首先開在人潮較少的地方實驗。」

別西卜從大馬路走進一旁較窄的小路，再進入更狹窄的小巷內。

四周的風景愈來愈寂寥，建築物也有些髒汙。

或許是偏見，但走在路上的魔族看起來有些凶惡與可怕。

哈爾卡拉害怕地表示「可能會被恐嚇呢……」

「實際上，這附近也發生過類似恐嚇的事件哪。反正如果真的有人敢這麼做，小女子會立刻逮住對方，儘管放心吧。」

「話說回來，店鋪竟然開在這種地方，還真是隱密啊——」

一塊招牌五顏六色，十分華麗的店鋪出現在我的面前。

上頭掛著可能寫了『遊戲中心　朋☆德莉』幾個字的招牌（由於是魔族語，我看不懂）。

店鋪屋頂甚至設計成貓耳造型。

是因為朋德莉屬於貓獸人吧……

「未免也太顯眼了……這裡很明顯格格不入耶……」

「因為這種店鋪是以衝擊性決勝負啊。入口還安裝了落地玻璃窗方便進入，並且可以清楚見到內部哪。」

聽別西卜這麼說我才發現，藉由透明玻璃，從外頭的確也可以猜到裡面的動靜。

「好，女兒們，走進那扇玻璃門瞧瞧吧。」

雖然心想別這麼喊，她們終究是我的女兒，但我的女兒們毫不在意地接近玻璃門。

於是玻璃門往左右開啟。

「哇！好方便喔！原來不用打開也會自己開呢！」

「應該是感應到有人接近後，啟動了魔法。是相當高度的魔法。」

法露法與夏露夏十分感興趣地盯著門。

「原來如此，是自動門嗎……」

雖然不靠古代魔法也不至於辦不到，但是需要在入口設置特殊結界，多半比較麻煩。

「嗯，會自己打開的門。這個設計很棒耶。」

桑朵拉快步第一個進入，法露法與夏露夏也跟在後頭。

不過相較於純粹的自動門，這種設計有缺點。

就是經過一定時間後，玻璃門會突然關閉。

——而且哈爾卡拉明明正在通過。

「這是怎麼回事啊！好痛！我被緊緊夾住了！」

哈爾卡拉竟然受到玻璃門的攻擊！

「對了，有件事情忘了說，開啟的門過了一段時間後會突然關閉。要小心哪。」

「不早說！還有重點怎麼可以忘記說呢！」

似乎並未設計成只要有人，感應器就會感應並維持門的開啟……

「原來如此。有可能發生門夾人的意外，需要改善——」

傳來既非別西卜也不是家人，而是特別冷靜的聲音。

是正在寫筆記的朋德莉。

她還是一樣氣色不佳，但她是不死族，這樣是正常現象。

「啊，朋德莉，好久不見～」

「各位好！今天請各位務必當各種遊戲的測試玩家。我希望反饋各位發現的問題，活用在開發上。」

果然要當實驗白老鼠嗎？不過門的問題在哈爾卡拉的尊貴犧牲之下，至少會變得更加安全吧。

「這扇門真是危險哪。」

「對啊，在門前貼上『此門造成的意外，本店概不負責』的告示處置吧。」

「喂！要好好改善！」

別用後果自負論撇清責任！門有缺陷是店鋪的問題！

「古代魔法連保養都很困難耶～請先從那邊開始試玩吧。」

店內陳列了幾臺像是遊戲機的盒子。完全就是遊樂場。

不過還是有些讓人在意的地方。

有間包廂大約可以擠進三到四個人。

還像獨立店鋪一樣掛著布當門簾，也有點像試穿室。

「朋德莉，那間包廂是什麼？」

「不愧是亞梓莎小姐，眼光真銳利呢～那是叫做『似顏繪俱樂部』的設施。付錢就能得到似顏繪喔。」

「總覺得日本以前也有這種機器。肯定有……」

不過這麼說來，這個世界也終於產生照片這種概念了嗎？

若是古代文明的魔法，有這種概念也不足為奇。

這麼一來，終於可以將女兒們的成長紀錄拍成照片了！

我立刻抱起三個女兒。

「大家一起進入那間『似顏繪俱樂部』吧！」

「什麼嘛，亞梓莎，強勢得一反常態呢。」

「好像很有趣，法露法非常歡迎喔！」

「夏露夏也願意。」

該擺出什麼姿勢呢～要刻意裝怪異表情嗎？不，首先正統一點，面露笑容就好。也別忘記以食指抵著臉，營造出小臉的效果。

然後我們進入『似顏繪俱樂部』內。

後方有一張桌子，坐著一位頭戴像是貝雷帽的魔族。

魔族告訴我們：「感謝光臨，一張一千柯伊努。」

另外，柯伊努是魔族世界的貨幣單位。

「……來，一千柯伊努。」

為何會有人？難道需要人員操縱類似特殊機器的裝置嗎？

我支付一千柯伊努給對方後，只見該魔族以驚人的氣勢運筆作畫。

「喝！喝！喝！完成了！來，請看！」

然後對方交給我一張畫。

上頭畫著三個女兒與我的似顏繪。

嗯，畫得真好……等等，還真的是畫似顏繪的專區喔！

這和魔法毫無關係吧！

我們走出『似顏繪俱樂部』後，朋德莉露出得意的表情。

「如何呢？這位可是范澤爾德城第一快筆的似顏繪畫家喔！」

「完全沒有魔法的要素呢！為何首先向我們介紹這項設施啊!?」

「沒有啦～雖然這的確不是遊戲，但是我的直覺告訴我，在設置遊戲前需要設置畫似顏繪的專區。況且我也想營造女性都能輕鬆進入的氣氛。」

這女孩上輩子是日本人吧。

「不過這幅畫我會小心保管。畫得很好，會裝飾在家裡。」
要是能幫其他人也畫一張就好了。
「接下來請玩那一項。命名為『拳頭的衝擊』！」
該區站著一名骷髏魔族。雖然不知道該不該分類為魔族，總之他只有骨頭而已。
另外在他的身旁，還站著一名穿著貌似魔法師服裝的魔族。
「根據名稱……是要打那位骷髏嗎……？」
「沒錯，沒錯。來，有誰要玩玩看？」
第一個上前的是芙拉托緹。
「讓你見識一下我芙拉托緹的拳頭威力！」
芙拉托緹助跑一段距離後——
「嘿！」
一擊氣勢剛猛的拳頭K在骷髏的胸口附近。
即使早就預料到，但是骷髏全身的骨頭劈啪折斷，當場垮掉。這還真是殘酷呢……
「呼……讓我芙拉托緹出手，就是這樣啦。所以這究竟是什麼遊戲？」
一旁的另一名魔族調查骷髏的情況後，在紙上寫了些東西。
「來，您的分數是九十五分。是今天最高得分，恭喜您。」

然後魔族將紙交給芙拉托緹。

「……咦？噢，雖然不太清楚，但最高得分倒是很開心……」

然後魔族以重生系魔法復原了骷髏的身體。

「嗯，像這樣藉由以拳頭破壞骷髏的程度，競爭分數的高低！最適合舒壓了！」

「沒有不那麼直白的方法嗎!?一想到骷髏每次都會遭到破壞，就覺得心情有些沉重耶！」

「我和骷髏是在不死族聯誼會上意氣相投，才請他在這邊工作。敬請全力毆打他吧。」

「是的，骨頭折斷的快感相當強烈。」

原來有這種橫向連結喔。還有骷髏也是會說話的呢……

「啊，師傅大人，別西卜小姐說有工作，已經先回去了。」

哈爾卡拉向我事後報告。

別西卜該不會覺得這些都無關緊要吧……

「接下來是『打不死族地鼠』遊戲。」

「還真是完全活用了不死族的人脈耶！」

「不死族地鼠會從洞穴鑽出來，請以配備的晨曦之星粉碎它。」

「拜託換成威力更小的木槌吧！晨曦之星砸下去感覺很噁心耶!?」

最後沒讓萊卡拿晨曦之星，而是木槌開始遊戲。

「那麼，吾人要開始了！喝！喝！喝！喝！嘿！」

萊卡很有節奏地敲打不死族地鼠。

但即使是木槌，在龍族萊卡的手中都有相當強的威力，因此聽到許多尖叫聲。

「咕嘿！」「嗚哇！」「咿咿！」

不死族地鼠看起來很痛耶……

咕滋……啪嚓……

終於出現被萊卡打到連眼球都飛出來的地鼠。

「尖叫聲與聲音聽起來好噁心！」

這種聲音會在耳朵裡久久不去耶。拜託喊些「好痛」之類的臺詞就好。

「追求真實感的結果，最後決定設計成這樣。」

「不需要這種真實感！」

我覺得打地鼠原本就是滿足撲殺地鼠欲望的遊戲。

結束遊戲後的萊卡，露出陰沉的表情回來。

「總覺得……該說被迫面對自己的暴力性嗎……內心變得好陰鬱……難道力量只是為了用來傷害某些事物嗎……」

「萊卡，不用這麼鑽牛角尖好嗎？畢竟只是遊戲而已！沒有罪惡也沒有懲罰！」

唔……雖然是有點像遊戲中心，卻是比想像中更不得了的地方……

總覺得對孩子的教育也不太好。

法露法與夏露夏喊出「嘿！」一聲打骷髏看得讓我面露微笑，但是讓孩子玩打地鼠也會變得很噁心吧。

「嗚……骨頭好硬……夏露夏，可能打痛手了……」

「小妹妹，沒事吧？幫妳施放回復魔法喔！」

結果讓骷髏擔心了！

負責復活骷髏的魔族對夏露夏施放回復魔法。若是讓力量不強的人遊玩，反而可能會受傷嗎……果然問題多多……

「小妹妹，這裡很脆弱，可以打這裡。」

「知道了，感謝指點。」

還讓骷髏指點打法……相比日本的遊樂場，整體空間更加悠閒。或許還帶有屬於人的溫情。雖然交流對象並非人，而是死者。

另外還有根本上的問題。

「朋德莉，這裡運用到新魔法技術的，只有那扇自動門而已呢。」

不知道朋德莉究竟得知多少古代魔法的資訊，但她似乎聽過最新的魔法。可是卻幾乎沒有運用。

至於『似顏繪俱樂部』，只是有畫家負責畫，連魔法都不算。

「不不不，的確有遊樂設施使用了魔王大人特別傳授的魔法技術。下一項是我認為這間店內人氣數一數二的自信作品喔！」

提到遊戲中心最受歡迎的前幾名——

「名叫『叉娃娃機』喔！」

聽名稱我就大致上預料到。

啊，這是類似夾娃娃機的遊戲。

「遊戲在那裡！敬請務必嘗試看看！」

朋德莉手指的另一端，設置了像是玻璃箱子黏在家具上的器材。

玻璃箱子內裝了幾個布偶，下方的家具部分則附有幾個像是按鈕的東西。按下按鈕後，夾子肯定會開始活動。

總覺得如果中世紀歐洲有夾娃娃機，多半就呈現這種外型吧。

另外布偶全都是史萊姆啦，龍啦，木乃伊之類的魔物系。史萊姆的布偶還真可愛。

「那就由我來玩玩看吧，朋德莉。」

我捲起袖子走進機器。

「哦！很有幹勁喔，亞梓莎小姐！」

「因為我大概猜到要做什麼了。換句話說，是這樣吧，移動機械臂的部分使用了魔法的新技術？」

「真是厲害！您竟然知道呢！就是這樣。其實我之前就考慮過抓布偶的遊戲，但以過去的魔法操縱抓布偶的部分，實在太困難了。」

光靠魔法很難重現機械臂部分的微妙動作吧。

首先，移動物體本身就需要相當特殊的魔法。

如果只是吹跑的話，馬上就能辦到。使用風魔法之類就行了。

可是機械臂要開闔，再加上設定適當臂力以判定夾到布偶與否，可不是普通的難。

關於操縱物體，古代魔法似乎更加進步，所以可能應用了這種技術吧。

「按鈕有兩個吧，第一個按鈕可以左右移動機械臂，第二個按鈕可以前後移動。然後手一鬆開按鈕，機械臂就會停在該處。鬆開第二個按鈕，機械臂就會朝正下方下降。」

「哦！您的語氣彷彿實際見過呢，亞梓莎小姐！」

因為我真的見過啊。

說些無關緊要的，上輩子的漫畫描繪約會場景時，夾娃娃機登場機率都很高，究竟是怎麼回事啊？難道連真正約會都要玩夾娃娃機？

還有就算夾到布偶之類，也很難處置呢。尤其與對方分手後，留在手邊的布偶就特別難受。當然也有以點心當作獎品的地方。

總之……算了，上輩子的事情就忘記吧……

好，雖然知道操縱方法，卻沒見到重要的機械臂。

多半是沒有啟動的時候，折疊收藏在頂部的部分吧。

「投入硬幣就會啟動囉。玩一次請投一百柯伊努。投五百柯伊努可以玩六次。」

這些設定還真是細緻呢……

我將一枚百元柯伊努硬幣放進投入口內。

一如我的想像，機械臂從上方出現——原本如此心想，形狀卻與我的猜測不一樣。

這不是機械臂，而是叉臂。還是三叉戟！

話說剛才，朋德莉說這叫『叉娃娃機』吧……

算了，無妨……移動叉臂吧……

我操縱叉臂，移動到史萊姆（布偶）的正上方。

然後叉臂『嚓』的一聲，刺中史萊姆（布偶）！

看起來好可怕！

「捕捉方法有問題！還有若是用戳的，抓到的機率很高吧！」

叉臂直接戳著史萊姆（布偶），往上升起，然後來到讓布偶落下的區域——其他的機器出現，從叉臂上敲下布偶。

「這部分倒是毫不留情呢！」

史萊姆（布偶）掉落到取出口。

上面清楚留下叉臂的孔穴……

毛線之類綻開，變得慘不忍睹……

「一次就抓到了呢！技術真是厲害！」

朋德莉為我拍手鼓掌。

「等等等等一下！結構上的缺陷太多了！應該設計成以更輕柔的觸感夾取目標物吧！」

「這是意識到實際戰鬥才設計成叉子的造型。上頭附有倒鉤，一旦叉中就很不容易脫落喔。」

「果然，任何人都抓得到嘛。所有人都一次就抓到，不就賺不到錢了？」

「啊，對喔……如果獎品想抓就抓，可就要赤字了……」

似乎在考慮到利益前就停止了思考。

之後換芙拉托緹與哈爾卡拉操縱，但叉子依然緊緊刺中布偶，輕易地成功抓取。

「就算抓到布偶，但卻開了破洞，有種喜悅被潑了冷水的感覺……」

哈爾卡拉的意見代表了一切。

「唔唔唔……這項遊戲需要調整……想不到吸睛的遊戲有這麼大的問題……」

朋德莉的遊戲中心可能在開幕前就碰上了暗礁，不過總比開幕後才碰上好得多。

「不過還有珍藏的祕密武器喔！」

話說剛才夾娃娃機的時候，朋德莉用過罕見充滿氣勢的形容詞。

換句話說，還有可以匹敵夾娃娃機的遊戲。

「可別告訴我這次不是打地鼠，而是打史萊姆喔。」

「請放心！與之前的概念完全不一樣，藉由嶄新魔法技術才得以實現的遊戲喔！超級有趣的！」

既然她這麼形容，那我就見識一番吧。

「遊戲就是這一臺！」

朋德莉一拍某座檯子。

檯子中央放著兩具相當精巧的人偶。

「名叫『格鬥人偶』！」

啊，這次絕對是很像格鬥遊戲的機臺。

朋德莉開始說明這款叫『格鬥人偶』的遊戲。

「玩遊戲的人在臺子前方操縱搖桿。這與自由活動人偶的魔法連鎖作用，所以臺

© Benio

上擂臺內的人偶會跟著活動。先讓挑戰對手的生命條歸零的一方獲勝。」

果然是格鬥遊戲，毫無疑問就是。

「另外一個人也可以玩，不過另一側還有搖桿，所以也可以對戰。」

果然還可以對戰嗎？

這真是有趣呢。

畢竟即使是上輩子的遊樂場，都沒有操縱真正的人偶戰鬥的遊戲。

而且沙沙・沙沙王國的古代魔法十分擅長操縱物體，連小穆的生活都像是操縱人偶般的身體，代表在這款遊戲中，也可以達到宛如活人在擂臺上的動作？

「我來玩玩看。」

一如我的預料。

人偶流暢地在擂臺四處活動，絕招也透過輸入指令的方式發動。

嗯，可以玩得很開心喔。至少比用叉子戳布偶好多了。

「媽媽，法露法想玩遊戲！」

「手癢了呢。法露法，來一決勝負！」

以法露法對桑朵拉的第一回合為開端，家人之間熱衷地玩起『格鬥人偶』。

「能選擇的角色也很多，非常有趣呢。身為幽靈即使在後方觀賞，都能感受到樂趣喔。」

「萊卡，和我芙拉托緹決勝負吧！」

「吾人不會輸的！即使是遊戲也會全力以赴！」

還真是受歡迎。幾乎都輪不到我呢。

「哎呀～太好了，太好了……看來遊戲中心也可以開幕了呢。」

朋德莉也摸了摸胸口。因為她身為經營者的立場，才鬆了口氣嗎？

「這臺遊戲不錯喔。多放幾臺不就能賺錢了嗎？」

「也對。只是問題在於每一臺都相當昂貴……」

我可不想在這裡聽到類似日本遊樂場的辛酸事。

過了好幾輪後，再次輪到我遊玩。

「機會難得，試著玩玩看劇情模式吧。」

人偶站立的檯子附近浮現文字。哦，這很像擴增實境AR喔。

劇情

很久很久以前，住著一對年老的男爵夫婦。

有一天，男爵夫人到河邊去，發現一顆很大的蘋果從上游載浮載沉地順流而下。

這個開頭好像桃太郎……

由於很費時，所以我按下按鈕略為跳過。

……於是蘋果男爵長大，卻和隔壁領地的子爵發生口角。

因此雙方展開決鬥。

劇情雖然粗糙，不過無所謂。第一場是子爵吧。子爵人偶與我的蘋果男爵面對面。準備，開打！

我以噹噹噹，噹噹，噠噠噹的節奏拍打按鍵。

蘋果男爵使出了鮮紅色的火炎魔法，似乎發動了絕招。

「哦！亞梓莎小姐真是厲害！竟然會發出這種絕招呢！」

「主人連玩遊戲都是職業級的！」

後方的觀眾也熱鬧不已。

只要隨意嘗試可能發出絕招的指令，就真的能發動。

我當然不是遊戲玩家。不過也並非從未玩過格鬥遊戲，所以隱約靠感覺知道操縱方式。

擊敗第一個敵人子爵後，接連擊敗第二個敵人，在酒吧吵架的爛酒鬼獵人。以及第三個敵人，在路上發生爭執的劍士。

話說角色對戰的原因全都是吵架，就不能換點別的嗎？

以血氣方剛之人的生活方式或許很有真實感，但希望多一點正義的要素。

這些設定上的要求姑且不論——

我接二連三擊敗敵人，推進劇情。

如果這個世界上首次誕生格鬥遊戲，多少有些經驗的我不就有金手指威能了嗎？

電競選手亞梓莎，這個稱號的日子可能不遠囉。呵呵呵……

——這時候，突然顯示這樣的文字。

新的玩家加入比賽，要接受挑戰嗎？

是　　**否**

哦，意思是出現了挑戰者嗎？那就來對戰吧。

對方使用的角色是女性武鬥家。正合我意。

「別輸了啊，蘋果男爵！」

不過——對戰的局勢變得很怪。

蘋果男爵被對手武鬥家的下重腳一踢而浮空。

然後在浮空期間內挨了下一記下重腳，再度浮空。

「啊，這是無限段！很賊的招式！」

蘋果男爵面對下重腳毫無辦法，最後落敗。

「真是的……發現絕招是很厲害，但是玩的時候可以公平一點嗎？是誰？朋德莉？」

不過朋德莉就在我身旁。

「這樣可不行呢。必須得改善遊戲平衡……」

希望妳能確實調整好。

我原本以為是哪個家人，但所有家人也在我身邊。

「亞梓莎小姐還太嫩了呢。」

另一側的對戰對手站起身。

原來是武史萊小姐。

是職業武鬥家！應該說，是連現實中的大賽也用無限段的人！

「武史萊小姐，就算這是遊戲，用這種方法獲勝也不太好吧……？吾人不太能接受。」

個性耿直的萊卡提出忠告。嗯，這的確是很狡猾的打法。

「我知道了。那麼下一局，我會封印下重腳這一招。然後與亞梓莎小姐再度對戰，可以嗎？」

武史萊露出無畏的笑容。

「那我倒沒意見，來就來啊。」

下一局看我報仇！

——結果不論幾局都是我徹底落敗……

連一擊也沒打中對方的局面都不少……

純粹的實力差距太大了……

「武史萊小姐的遊戲實力也太強了……」

「是啊。畢竟我一直在苦練呢。」

武史萊小姐挺起胸膛，散發出很有武鬥家的風範。

「我認為總有一天，會舉辦藉由這種格鬥遊戲爭奪獎金的大賽。我打算在大賽上賺取獎金。」

電競喔！

「等到這種時代來臨，不只不需要以自己的身體戰鬥，還不會痛，很不錯呢。這種時代趕快來吧！」

「果然不是武鬥家該有的動機！」

之後在武史萊小姐的指導下，遊戲中心的遊戲經過細微調整，聽說遊戲平衡也大幅調整。

古代魔法的運用似乎也不再有危險了，還不錯吧。

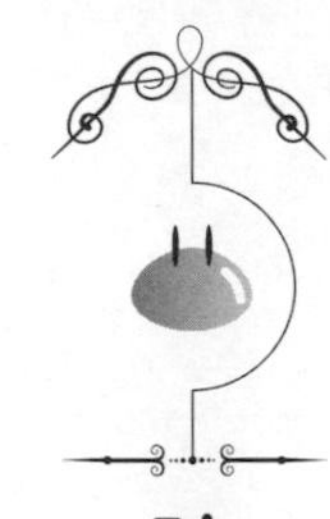

神與妖精握手言和

不久之前，弗拉塔村興建了一座設施，那是松樹妖精蜜絲姜媞的神殿。

當然不是總院，而像是分院。創建的淵源就置於建築物的前方，上頭寫著：

蜜絲姜媞神殿
弗拉塔村分院

祭神　**松樹妖精蜜絲姜媞**

淵源

供奉於塔金村的松樹妖精蜜絲姜媞大人，授予偉大的高原魔女松樹幼苗。高原魔女將幼苗種植在土壤後，三日左右便成長為名樹。此神殿為魔女感念神蹟，在弗拉塔村祭祀松樹妖精蜜絲姜媞大人所創建。

結婚典禮、戀愛祈禱、結婚諮詢
承攬以上業務（免費估價）

She continued destroy slime for 300 years

這些內容……

老實說，內容與事實相去甚遠。

上頭寫著授予松木幼苗，但那是法露法與夏露夏的姊妹結婚典禮最後，蜜絲姜媞贈送的。感覺就像典禮的微薄禮品……絲毫沒有神聖的感覺。

種植那棵幼苗後，的確短短幾天便長成巨大的松樹。

從遠方看來也十分顯眼，因此變成像是高原之家的標記。

光看這些要素的話，的確會想蓋座神殿。但那是妖精本人送我的，而且她的個性十分隨便，我實在沒什麼動力信仰她……

我行經別有來頭的蜜絲姜媞神殿旁。

其實是以松樹成長為藉口在弗拉塔村設立分院，試圖擴大信仰。

說得更具體一點，就是讓村民舉辦結婚典禮，藉此賺錢。蜜絲姜媞神殿的財政並不寬裕。

之前有村民會來參拜。

「真的會靈驗嗎……雖然蜜絲姜媞本人難得會前來一趟……」

「亞梓莎大人，您似乎不太能接受呢。」

陪我買東西的萊卡一語中的。

「不，我只是覺得她真機靈……看得見妖精與神明也是問題所在。會反而不想信仰呢……」

因為已經知道妖精、神明與人類的價值觀大同小異，才完全無法產生崇敬的心態。況且即使在遇見妖精或神明之前，我的生活也算不上信仰虔誠。

「吾人也認為容易親近的神明或妖精比較好。」

「是嗎。萊卡是好孩子呢～」

此時不知為何，萊卡面紅耳赤。

「亞梓莎大人受到民眾的虔誠信仰也理所當然，卻十分和藹親民……宛如真正的家人或妹妹般對待吾人……」

「沒有啦！我只是單純的魔女！只不過活了三百年而已！還沒有資格受人信仰啦！」

就算妖精和神明十分隨便，和我相提並論也很奇怪。

再怎麼說都是她們比較偉大。

「如此謙虛的一面，也是亞梓莎大人的優點……太棒了……吾人還得以您為榜樣才行……」

「為何今天這麼誇獎我啊……？難道有什麼東西希望我買給妳嗎？萊卡妳也很謙虛吧？」

「吾人起先以為自己才是全州府最強，才會主動挑戰您……結果完全得意忘形了……」

噢，以前也曾經發生這種事。當時雖然還吃了一驚，現在則是美好的回憶。

「今後吾人會繼續以亞梓莎大人為目標，一步一腳印持續修行……」

我覺得太誇張了，而且有必要害羞嗎？

不如說，我總覺得在文靜等方面上反而輸給萊卡一截……

「嗯、嗯哼……不過亞梓莎大人謙虛過了頭可是事實。連一次也沒有提到過去三百年的英勇傳說呢。」

萊卡表情認真地說。由於她的個性耿直，表情當然認真。

「純粹只是因為沒有英勇的事蹟可說啦……」

因為我連知道自己變得超強，都是這幾年的事情。

三百年之內，我一直以為自己的特徵只有長生不老而已，所以從未挑戰過強敵。

我既沒有武藝也不勇敢，當然不可能誕生英勇事蹟。

「既然是亞梓莎大人，照理說過去肯定也達成過某些不得了的大事。吾人希望總有一天找出來！」

萊卡露出「拚吧！」的表情。

「有幹勁是很好，但是不能隨便感到失望喔。」

——這時候，我聽見特徵明顯的語氣。

「別鬧了捏！為什麼要建造這種東西啊！」

這聲音是松樹妖精蜜絲姜媞吧。

即使這裡只能算是小分院，但依然是祭祀她的場所，她在此地也不足為奇。難道發生了什麼麻煩嗎？

我和萊卡進入蜜絲姜媞神殿的弗拉塔村分院。

人群聚集在院內後方的空間，正在興建什麼。

蜜絲姜媞站在一旁，

「拜託你們停工捏！這樣會變窄捏！」

正在抗議。但是抗議歸抗議，一般人似乎既看不見也聽不見，工程人員完全沒發現。

我從不遠處向蜜絲姜媞招手叫她。

如果我向工程人員的所在位置開口，可能會受到懷疑。得將她帶到工程人員聽不見的地方。

「啊！亞梓莎小姐！不得了捏！這是弗拉塔村分院落成以來的危機捏！」

「不是才蓋好沒多久嗎……所以發生了什麼事？」

「看起來好像在興建建築物。蓋新的神殿不是好事嗎？」

萊卡望向工程中的神殿。

「起先我也是這麼以為捏……可是直到最近，才發現自己上當了捏……」

既然是受騙，代表事情不單純呢。

「來，妳們看那個招牌捏！」

她提到的工程中建築，附有這樣一塊招牌。

透過『德行集點卡』
享受有德行的人生！

梅嘉梅加神殿　弗拉塔村分院

原來那位女神大人也要興建神殿啊！

想不到連女神大人都要進駐弗拉塔村……女神大人的信仰真是紅啊……

「難得進駐弗拉塔村，準備透過結婚典禮獲益。結果就在這時候，我的神殿範圍被迫縮減了捏……這是信仰危機捏……」

蜜絲姜媞抱著頭傷腦筋。

受人信仰的對象當中，也有激烈的競爭呢。

可是神社中也有攝社或末社這種小型神社存在，不是一樣嗎？

就像做為中心的神社後方或側面，會祭祀稻荷神或辯才天神之類。

即使是寺廟，這種現象也不足為奇。供奉本尊的正殿一旁有辯才天神或地藏菩薩的佛堂同樣很普遍。

在多神教的空間內，有靈驗的神明會並排在一旁。

「蜜絲姜媞，這裡始終是供奉妳的地方吧。那麼出借一點土地不是沒關係嗎？讓別人見識妳的胸襟吧。」

我拍了拍蜜絲姜媞的肩膀。

「不如說，女神大人的信徒或許會在妳這裡舉辦結婚典禮喔。正面思考吧。」

「亞梓莎小姐，拜託妳仔細看看建築物的大小捏……」

女神大人的神殿明顯大得多。

如果將女神大人的神殿形容成屆滿年齡退休後落成，夢寐以求的附庭園家園，蜜絲姜媞的神殿就像貨櫃屋的倉庫。

「啊，輸得很徹底呢……」

「再這樣下去會被鳩占鵲巢捏……比我晚來，卻想搶走所有信仰……神明這樣也太小家子氣了捏……」

這就是人氣的差距嗎……神明與妖精的世界比我想像中更難混。

「不會，蜜絲姜媞小姐，還有希望。」

哦，萊卡似乎也幫忙勸說。

「位於入口正面的始終是蜜絲姜媞神殿，梅嘉梅加神的神殿不是朝向一旁嗎？」

萊卡開始以理性的方式安慰她。果然是優等生。

「的確，梅嘉梅加神的神殿朝著入口右方九十度的方向捏……從正面進入後，在我的神殿左後方只能看見她的神殿側面捏……」

「換句話說，『主神』終究是蜜絲姜媞小姐，梅嘉梅加神則是『從屬』。在院內的結構上是這樣呈現的。來參拜的信眾應該也會明白。」

「謝謝妳捏，龍族女孩！結婚典禮會幫妳辦得豪華一點捏！」

「這……吾人尚未……考慮結婚這件事……」

蜜絲姜媞緊緊握住萊卡的手。

「憑藉妳的美貌，任何人都會立刻點頭捏！有興趣的話就來告訴我捏！」

「不……真的還沒這種打算……因為不久之前姊姊才剛結婚……」

萊卡顯得有些尷尬。

雖然我不太明白龍族的適婚年齡，但從萊卡的外表看來，似乎還太早。

「我幫妳找個好龍夫捏！我正想開辦介紹結婚對象的服務捏！現在加入免年費捏！」

愈來愈企業化經營了！

「保證幫妳挑一個萬無一失的結婚對象捏！既然是蜜絲姜媞神殿，所以命名為『蜜絲婚』捏！」

這種婚姻聽起來好像會 Miss 耶！

「請不要這樣！吾人根本沒考慮過結婚這件事！自己明明還這麼不成熟，距離結婚還很遙遠！」

萊卡滿臉通紅地持續拒絕。

某種程度上，這種態度很像萊卡。她完全害羞了呢。

「沒什麼~所有男人別說不成熟，不論幾歲都像孩子一樣捏。這一點不用放在心上捏。」

這妖精仗著普通人看不見她，真是口無遮攔呢。

「總、總之，吾人絲毫沒有這種念頭！」

從萊卡的口中噴出少許火苗。

這真的是倒添麻煩的好意呢。

「蜜絲姜媞，別再催她了。再催下去就是多管閒事囉。」

「啊，給妳添麻煩了捏……因為聽到妳安慰我說這裡才是本家，太高興了才會……」

這時候，工程人員有所動作。

「接下來開始拆除這道柵欄。」「嗯，似乎要將這裡做成梅嘉梅加神的參拜道路。」「參拜道路要鋪設石板吧。」「之後還要建造神門。」

正好位於女神大人神殿正門的柵欄隨即被拆除。

該處設置了「梅嘉梅加神弗拉塔村分院　入口與門建設工地」的立牌。

工程人員想設置新的入口！入口要變成梅嘉梅加神位於正面了！

「本家真的要被搶走了捏！這下代誌大條了捏！」

「哎呀……原來還有這樣呢……」

似乎連萊卡都沒辦法安慰了。

「而且他們好像還要蓋神門捏……我這邊根本沒有門……徹底輸了捏……以後造訪此地的信眾會認為她的神殿才是主殿，我變成附加的捏……」

這次蜜絲姜媞無力地癱坐在地上。

雖然以佛教的四字成語解釋這個世界的事情也很奇怪——

不過世間真是諸行無常啊。

「蜜絲姜媞，別放在心上。」

「亞梓莎小姐，那句話是什麼都解決不了的時候才說的捏……」

因為真的無計可施嘛。

「可是亞梓莎大人，您不覺得奇怪嗎？」

萊卡始終非常冷靜。是我自豪的妹妹。

「這座蜜絲姜媞神殿分院，名義上擁有所有權的當然也是人類吧。就算再怎麼受歡迎，也不該擅自興建其他神殿才對……」

「這麼說有道理……不同神明的信徒擅自拆除柵欄，興建建築物的話，根本就是侵略吧。絕對違反了法律。蜜絲姜媞，這方面究竟是怎麼回事？」

「這間神殿有管理者捏。雖然不是弗拉塔村的村民，卻是負責管理本州所有蜜絲姜媞神殿的神官捏。」

「那麼，土地不可能賣給其他神明的信徒——」

這時一名服裝像神官的大叔經過。

手裡捧著貌似裝了許多錢的皮革袋。

「呼～多虧出售一半以上的土地，暫時可以繼續經營蜜絲姜媞神殿了。鬆了口氣啦。」

原來因為經營困難，土地被神官出售了！

神官大叔一臉笑容離去。對神官而言，多半是為了經營而不得不為之舉，但是妖精本人就在這裡耶……

蜜絲姜媞終於跪倒在地上。似乎連站著的力氣都沒有了。

「我輸了捏……我的靈驗頂多只有結婚與松樹……對方的靈驗卻是全能的捏……我怎麼可能贏得了捏……」

「雖然應該無法打起精神，但只能將錯就錯囉。要來我家喝杯茶嗎？」

我能做的也就這樣了。

「啊，這份體貼的心意不錯喔！可以在『德行集點卡』上多蓋一個章！」

又傳來熟悉的聲音。

梅嘉梅加神，也就是女神大人站在我們身旁。

「啊，女神大人！」

她是讓我轉生的女神大人，由於諸多原因遭到降職，來到這個世界。

目前以梅嘉梅加神這個隨便的名字進行活動。

「因為在這個州的信徒也變多了，才會在弗拉塔村興建神殿喔～幸好妖精小姐的神殿好像陷入經營困難，才稍微買些土地動工呢。」

嗯，那的確是蜜絲姜媞的神殿。

「能幫助有困難的人，我也很高興喔～累積德行了呢～」

「女神大人！這句話現在不該說！」

聽起來好像在挑釁！

蜜絲姜媞依然趴在地上，抬頭仰望女神大人。

兩人以最糟糕的方式見面。

要是上演神ＶＳ妖精的爭執之類就尷尬了。

而且雙方我都認識……

自己的朋友若是鬧得不愉快，可要格外小心謹慎呢……

我上輩子也聽過相當要好的朋友告訴我「○○十分得意忘形呢」，不知道該怎麼回答。

那位○○小姐和我也交情匪淺，但當下的氣氛實在無法開口……

哎，當時真是難受。光是回想起來就快胃痛了。

不過當時類似私下說壞話，所以還好一點。

現在則是當面碰上，更糟糕。

「這個，梅嘉梅加神大人。」

蜜絲姜媞以平淡的聲音開口。

「嗯，有什麼事嗎？松樹妖精小姐？」

拜託息事寧人！息事寧人！

「…………如果有哪位信徒想舉辦結婚典禮，敬請利用我們的分院捏。」

居然老實地要求經濟合作！

「我知道了～♪彼此都是鄰居，今後就互相指教囉♪」

「好喔。希望還能舉辦共同祭典的活動，促進信徒相互交流就更好了捏。」

真是機靈，想拉攏女神大人的信徒嗎？

「可以的話，還希望您幫忙宣傳在我的神殿舉辦結婚典禮，會提高德行捏！」

還好她毫無自尊可言，某種意義上幫了大忙！

「唔～這個啊～如果說舉辦美好的結婚典禮，也可以在『德行集點卡』上蓋章，或許做得到喔。」

「首先這樣就可以了捏！還有，如果能在梅嘉梅加神大人的其他神殿院內，設置供奉蜜絲姜媞的祠堂就更好了……」

她比我想像中還要厚臉皮！

「我知道了，這一點我也會考慮看看。大家要和睦相處喔。」

「好的，敬請多多指教捏！話說回來，梅嘉梅加神大人真是漂亮捏！我好嚮往捏！」

真是肉麻的巴結方式！

「謝謝妳喔～我好高興～」

似乎連女神大人都吃這一套。雖然她總是滿臉笑容，難以分辨。

「就像松樹一樣，今後全拜託您了捏！」

蜜絲姜媞緊緊與女神大人握手言和。

「亞梓莎大人，看來問題解決了呢。」

目睹全程的萊卡似乎如此判斷。我也有相同看法。

「似乎是……至少雙方應該不會發生爭執，我也鬆了一口氣。那就回去買東西吧。」

繞了好大一段路呢，得買晚餐的材料才行。

「啊，亞梓莎小姐，等等，稍等一下。還要蓋章。」

女神大人叫住我。

「我看看……卡片有放在裡面嗎？噢，一直放在錢包內。」

然後女神大人幫我蓋了一個章。

「這方面倒是一絲不苟呢。」

「我好歹也是神明，一直努力讓眾人幸福啊。即使其他地方不端正，唯有這一點保證端正!歐耶!」

她剛才自己說了「歐耶!」吧。

「有時間的話再見面吧。我們一起吃頓午餐或喝杯茶，舉辦姊妹會!」

「好的，心血來潮的話歡迎光臨。」

「同班同學」的感覺好強烈。

以神明而言距離也太近了。不過總覺得這樣才好，無妨。

就這樣，蜜絲姜媞神殿與梅嘉梅加神的土地糾紛順利落幕。

幸好蜜絲姜媞的個性會老實地西瓜偎大邊。隨便的生活方式換個形容詞，也等於身段柔軟，禁得起打擊。蜜絲姜媞可是個低姿態，不容小覷的人物。

由於弗拉塔村沒什麼明顯特徵，增設神殿等設施倒也可以當作不錯的刺激。

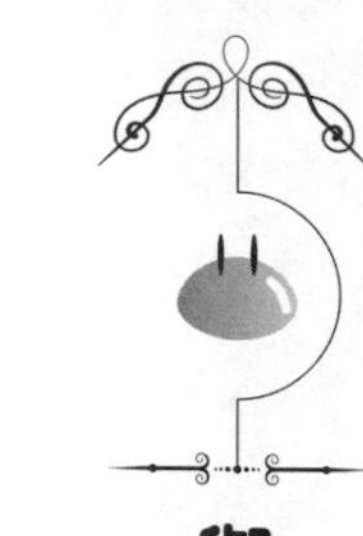

與傳統悠久的神明戰鬥

不過，解決神殿問題後過了一個星期。

「早安呀～亞梓莎小姐。」

一醒來就發現女神大人在我的臉前方，大約十公分左右。

「嗚哇啊啊啊啊啊！太近了！近到一瞬間看不出來是誰！」

「哎呀呀，喊那麼大聲會吵醒大家喔。」

女神大人沒什麼罪惡意識呢……

而且女神大人不愧是神明，輕飄飄浮在床鋪上。

「究竟有什麼事情呢？就算是女神大人，登場方式也太極端了……」

即使是別西卜或佩克菈，都不會在這麼近的距離出現。

「因為有些麻煩事，想借用一下亞梓莎小姐的力量～」

從她的表情來看，似乎並不怎麼麻煩。

「神明會碰到麻煩嗎？就算有，靠自己的力量也能解決吧？」

She continued destroy slime for 300 years

畢竟她可是讓我轉生成長生不老的神明，大多數事情都做得到吧。

「是啊。不是我吹牛，畢竟是神明，多數範圍都能靠自己解決。以人類來形容，就像不需要攻略網站一樣。」

別用這個世界不存在的事物比喻啦。

「可是即使依靠神的力量，某些事情依然無法解決。好，問個問題。請問究竟是什麼事呢？」

「為什麼突然問個小問題啊？」

她肯定不太傷腦筋吧。照她的語氣，就算她告訴我悲劇，我也會煩惱該怎麼反應。

「好，時間到！亞梓莎小姐妳輸囉。」

突然跑到我家的人，突然說我輸了。

雖然沒辦法，但是稍微著急一點吧……

「好啦，我輸了行不行。請您回去吧。」

「不行，聽我說說傷腦筋的地方嘛。遊戲劇情怎麼可以用『我有困難』『是嗎，真是不得了啊～』這樣的對白結束呢。拜託深入追問一下嘛！」

難道她很喜歡玩遊戲嗎？

其實我不太清楚，但感覺她有許多像是遊戲的發言。

「我就是因為不想深入這些事情，才會在高原住了三百年……不過只是聽聽的話，倒是沒有關係。」

想到這位女神大人也沒什麼聊天對象，聽聽她的話應該無妨。

「一言以蔽之——想、想、想不到，竟然出現了宿敵！」

女神大人這番話有些嚇唬人。

「宿敵？是指蜜絲姜媞嗎？」

我想起一星期前在弗拉塔村發生的插曲。

「不，她根本不算宿敵。以戰鬥漫畫而言，就是在淘汰賽第一輪比賽中被強大反派秒殺的角色。」

揮了揮右手的女神大人表示否定。

雖然這肯定是無庸置疑的事實，但形容方式也太狠了。

「那麼究竟是誰？我沒有頭緒呢。」

附帶一提，女神大人一直輕飄飄浮在房間內，這方面跟羅莎莉很像。

「以一句話形容宿敵的特徵——就是傳統！」

這位女神大人喜歡一言以蔽之呢。

「傳統？哈哈，女神大人，您肯定在神殿引進新的風格，結果被批評很詭異吧。」

所謂的建築物，是由文明或文化決定外型。

比方說，如果突然在日本農村設置凡爾賽宮或紫禁城之類的建築，看起來會很怪。另一方面，在其他國家設置類似天守閣的建築，也的確很不自然。

不過突然在日本農村打造天守閣，還是很格格不入呢……

女神大人同時了解不同世界的文明與文化，該不會因此汲取了這些知識，連自己專屬的神殿都設計成不符合這個世界的模樣了吧。

對這個世界的人而言，該不會看起來很詭異？

——這是我的推理。

「啊～原來如此～一言以蔽之，真是可惜～」

「您只是想說『一言以蔽之』這句話吧！」

她果然輕浮得很徹底。不愧飄浮在空中。

「亞梓莎住在這個世界三百年了呢，所以應該比我更詳細了解這個世界吧。」

「要看情況……不知道的事情就是不知道……」

完全無法預料她會說什麼，因此我先加個保險。

「亞梓莎小姐，妳知道仁丹女神嗎？」

仁丹女神是這個王國自古受到信仰的超主流神明。

「嗯，略知一二。」

弗拉塔村太小了所以沒有，不過稍微大一點的城鎮，有供奉仁丹女神的神殿。是否為主祭神明則另當別論，但經常會供奉在神殿的某處。

侍奉這位女神的神官也不少，在王都也會舉辦大規模的祭典。

所以連我對她的了解都足以能立刻簡短地說明。

「帶夏露夏過來的話，應該可以解說得更詳細。我想想，她是管理年份的神明吧。」

在這個王國有管理年份的神明，所以有新的一年也會到來的信仰。

即使是日本，也傳說年神會在過年來臨，兩者應該接近。

「嗯，沒錯。因為是仁丹女神，所以神官們的權力也相當大。」

「神官對您做了什麼嗎？」

「侍奉仁丹女神的神官們向王國宮廷建議，要限制太過離經叛道的流行神呢～」

雖然她說明的模樣沒什麼緊張感，內容卻相當沉重。驅散了我剛睡醒的睏意。

「所以說，女神大人的信仰要受到禁止嗎？」

「是的，雖然不至於要拆除一座座神殿，但他們說『德行集點卡』太不正經了，所以不可以推廣。」

老實說，我也覺得不太正經。

「再這樣下去，就無法散發『德行集點卡』了！」

「這點程度應該無所謂吧？」

「不行不行不行！怎麼可以呢！這項制度可是自然地累積德行，讓社會更加豐饒的美好制度呢！」

女神大人摟著我的雙肩使勁晃動。

「無論如何，我都要保護『德行集點卡』這項制度！怎麼可以屈服於來自傳統的鎮壓呢！老人攻擊新人實在太卑鄙了！這根本就是單純的老害嘛！」

雖然我覺得鎮壓有點太誇張，但這可能算是某種前輩霸凌新人。

古典神明的神官應該也相當有權威。傳統就是這麼強大。

「所以我想到，既然這樣，乾脆直接去找仁丹女神，取得她的同意！同樣都是神明，她應該會理解！」

哦，這一次她相當有幹勁呢。

「一星期前與蜜絲姜媞小姐的糾紛也和平落幕！只要拜託仁丹女神向神官下達停止鎮壓的神諭，應該就能順利解決了！」

「嗯，這點子不錯。請您加油吧。」

交涉的時候，如果有人穿針引線見到對方的老大，加以利用是很合理的。

這比說服一兩個手下更有效。

「對吧？我這個作戰很不錯吧！對不對，對不對？」

神明應該不需要這麼徵求人類的同意吧……

「是啊……以解決方法而言，應該不錯吧。」

「那麼就跟我來吧，亞梓莎小姐。」

「…………欸？」

事情變得愈來愈奇怪了。

「妳沒聽見嗎？我說我要去見仁丹女神，要求她別禁止我的『德行集點卡』，所以跟我一起來吧，亞梓莎小姐。」

「不是！剛才的『欸？』不是沒聽見，而是為什麼要告訴我這種麻煩事的『欸？』啦！」

這和我一點關係都沒有，我怎麼可能會想去。

而且那位女神相當可怕。

不過我當然不可能見過她。來源是神話。

「提到仁丹女神，連在神話中都相當難以取悅。甚至還有故事提到，她會立刻將冒犯她的人類變成青蛙！我才不去！」

可能因為青蛙一到春天就會出現，與象徵新的一年有關，仁丹女神才有與青蛙相關的神話故事。

似乎連神殿都有青蛙的雕像。

「拜託嘛～人家很不安呢！」

女神大人拉扯我的手臂。

還有目前已經知道，這個世界上至少有好幾位女神，所以別稱呼她女神大人，改稱梅嘉梅加神吧。雖然一點都不可愛。

「神明的事情就讓神明彼此解決吧！對普通的人類負擔太重了！」

「不是多虧我的幫忙，妳才能長生不老又開金手指，過著舒適的後宮生活嗎？拜託妳跟我來嘛～」

「後宮這兩個字有語病！這又不算後宮！」

我的家族可不是百合時空，終究只是家族，分享房間。

「還有，不論我的實力有多強，終究只是在一般人類之間吧？怎麼可能贏得了神明呢！萬一觸怒神明該怎麼辦！要是真的被變成青蛙，您要怎麼賠償我！」

「到時候我會負起責任——」

梅嘉梅加神使勁拍了一下胸口。

哦，她要說無論如何都會救我嗎？

「──飼養妳！」
「應該將我從青蛙變回人型吧！」
維持青蛙的模樣過一輩子，實在太難受了。
「每天會準備蒼蠅當作飼料。」
噢，這樣或許也能吃掉蒼蠅狀態的別西卜嗎──等等，問題不在這裡。
「我不想吃什麼蒼蠅。既然是女神，就請您獨自去吧！」
「欸～可是啊～那位女神相當難以取悅耶～萬一氣氛變糟的話，會留下心理陰影呢～」
嘸起嘴的梅嘉梅加神表達不滿。
「您就忍耐一點吧。梅嘉梅加神晚來這個世界是事實，只要當成向前輩拜樹頭就好了。」
「多半會被她嫌吧～還有，我經常在會面的場合上讓其他神明感到不爽呢。」
那大概是個性的問題。
含糊隨便的部分就是扣分的主因。
「那應該別找區區魔女的我，帶您的鄰居蜜絲姜媞去如何？」
「如果帶那位妖精小姐，多半會更加觸怒她而遭到鎮壓吧。」
不好意思，我認為您說得很對。

「欸，亞梓莎小姐，扭轉想法吧！有機會見到自古以來統治這個世界的女神之一喔！與傳奇面對面呢！這種機會很難得耶！哇，賺到了！真幸運！」

「有機會見面，不是我們主動去找她嗎？又沒有受到招待，我只有出事情的預感……」

這可不能算舉手之勞。

再怎麼說我也是有分寸的。可不會輕易答應這種事。

「是嗎，我知道了。」

哦，她終於放棄了嗎？

梅嘉梅加神鬆開我的手臂。

不過，她卻取出像是筆記本的東西，開始書寫。

「『此時，神明站在高原魔女的枕邊，要求魔女一起前來。高原魔女卻以此事與自己無關而拒絕。』下次編寫的經典『不敬神之章』就加入這些內容吧。」

「等等！不要寫這種接近毀損名譽的內容好嗎！」

「這只不過像是我的日記喔～只不過信徒會當成經典閱讀而已～」

這女神居然威脅我……

照這樣看來，毫無根據的事情可能會被寫進經典內……

「『於是神明懲罰魔女。從此，魔女的房子裡就有許多團子蟲爬來爬去。而且每三隻就有一隻是不會縮成一團的草鞋蟲。』」

「不要真的威脅人家啦！神明別做這種小家子氣的事情！」

「『神明進一步懲罰魔女。從此有像紅點一樣的壁蝨在魔女的餐桌上爬來爬去。連用餐途中都會有半大不小的蜘蛛在餐桌上跑。每當打開窗戶，就一定會有馬蠅飛進屋內。穿衣服的時候，不知不覺會有椿象沾在身上。』」

「拜託別用累積煩人小事的手段報復好嗎！」

沒辦法。況且梅嘉梅加神目前受害是事實。

「我知道了。不過我只是跟您去而已喔……」

我終於屈服。

「真不愧是亞梓莎小姐！了不起！總統！金牌！石油大亨！ORICON公信榜首次登場第一名！」

別用這個世界不存在的概念幫我戴高帽啦。

仁丹女神是自古就受到信仰的神明，應該不會蠻橫到心情不爽就把人變成青蛙吧。她應該是寬宏大量的神明。

希望是這樣……

雖然我以前遇過龍族、魔王、妖精、惡靈等各式各樣的種族，但在偉大程度上，這可能是有史以來碰過的最高級對象（梅嘉梅加神嚴格來說不屬於這個世界，所以不算）。

當然，我還不知道是否能見到她。

該去哪裡才能與神見面？若像面前的梅嘉梅加神一樣自己跑來還另當別論，但我可不知道神明住在哪裡。

「那麼就訂在兩週後去找仁丹女神喔。在那之前我也想盡可能先擬定對策！」

悠哉的梅嘉梅加神說。

照這樣看來，與對方見面似乎不是問題。

不如說別耍花招，正面訴求比較可能成功……不過隨她高興吧。反正責任由梅嘉梅加神負責，我只是跟著去而已。

我也重讀一遍神話，惡補一下仁丹女神的相關資訊吧……

◇

然後，到了與仁丹女神見面的日子。

我讓化為龍型態的萊卡載我，前往王都郊區的仁丹尼亞鎮。

從名字就大致上猜得到，這座都市的意思是「仁丹女神的城鎮」。

神話也提到仁丹女神降臨至地表後，就居住在這片土地上。雖說是居住，其實是神話中的故事。

一千多年前就在這片土地上建立仁丹大教堂，現在還有許多神官侍奉仁丹女神。

「亞梓莎大人，這下子可不得了呢……」

龍型態的萊卡說。胡亂隱瞞讓她不安也過意不去，所以我事前已經向萊卡解釋過。

「對啊，就是說嘛……難得發揮了易惹麻煩體質的本領……」

還是別太過悲觀，以免萊卡擔心吧。

「對手是神明嗎？如果贏過神明，亞梓莎大人就成為超越神明的存在了呢！」

不如說太抬舉我了吧！

「我可不打算和她打喔？何況根本贏不了吧。人類要是贏過神明，世界體系會大混亂的！」

「若是亞梓莎大人，肯定隱藏了一二〇％戰勝神明的可能性。雖然吾人身在遠處，也會為您加油的！」

好沉重！期待好沉重！

正巧此時萊卡降落，我也前往仁丹尼亞。

我向萊卡揮了揮手。

擔心過度並不好受，但是過度期待也不是好事。做過頭則任何事都會搞砸。

抵達當地後，只見梅嘉梅加神早已在等待。

她提著一個布袋，可能準備了什麼吧。

「那麼就出發吧。今天我想以任何人都看得見的外表進行。」

「請自便。我再重申一次，我完全不會插手喔。」

梅嘉梅加神非常自然地走向仁丹大教堂。

大教堂圍繞在有巨大池塘的庭園內，是十分時髦的地方。

我稍微想像到平等院鳳凰堂或金閣寺等地。當然大教堂並非和風，而是歐風庭園。

原本以為會被轟出來，結果出乎意料，很順利地進入了大教堂。

虔誠的信徒似乎會從全國各地前來，大教堂對所有來者皆不拒。甚至有人喜極而泣「幸好能趁在世的時候前來」「達成夢想中的巡禮了」。

歷史悠久的神明果然在這方面特別強勢。

大教堂充滿莊嚴肅穆的氣氛，甚至覺得內心很自然受到淨化。

最後方豎立著一尊仁丹女神的銅像。

呈現雙手掌心在胸前示人，略為往前伸的獨特姿勢。也有點像正在練習推手的相撲選手。這個手勢可能也有意義，但神話中卻沒記載這一點。

另外提到特徵，就是頭髮特別長，長到觸及地面。

現實中如果有人頭髮這麼長，日常生活也太不方便了。我想一定會經常踩到。還有公廁等地方太髒了，也無法使用。

許多人在銅像附近，專心一致地祈禱。

其中有人衣衫襤褸，可能是巡禮修行的人吧。

「亞梓莎小姐，麻煩妳牽著我的手好嗎？」

梅嘉梅加神伸出手來，所以不明就裡的我緊緊握住她的手。

「那麼，我們進去吧。」

「咦？要進去哪裡？」

我們已經進入大教堂內了吧。

「移動過程中絕對不可以鬆手喔～這可不是開玩笑，是真的。」

說完，梅嘉梅加神便朝銅像跑過去。

「要撞上了啦！」

「放心吧～至於為何可以放心……呃，是為什麼呢？我一時想不起來。」

這樣真的不要緊嗎!?

眼看要撞上銅像，我緊緊閉上眼睛！

◇

可是不論過了多久，都沒有傳來碰撞的痛楚。

我戰戰兢兢睜開眼睛……只見一片奇妙的空間。

前後左右包括腳下都飄浮著類似魔法陣的東西。好像光雕投影呢。

雖然不清楚是否有地板，但既沒有正在墜落，也沒有飄浮的感覺。

「好，我們抵達囉。可以不用再牽著手了。」

聽到梅嘉梅加神開朗的聲音，我鬆開了手。話說回來，剛才梅嘉梅加神一直在我身邊呢。

「究竟發生了什麼事？」

「一言以蔽之，我們進入了神明的世界囉～這裡是仁丹女神的空間。」

毫無疑問，發生在我身上的事情只能以奇蹟來形容。

「梅嘉梅加神即使腐敗，也依然是神明呢。」

「亞梓莎小姐，這句話很沒禮貌喔！至少該說即使發酵也是神明吧！」

以現象而言，這和腐敗沒有太大的差別吧……

「然後呢，仁丹女神就是位於正前方的那一位喔～」

聽她很乾脆地說明，我往前方一瞧，的確有一位很像女神，充滿威嚴的女神大人。

頭髮果然非常長。

而且耳朵像精靈一樣尖。即使是精靈耳朵都沒有這麼尖，比哈爾卡拉的耳朵還尖。

眼神十分可怕，該不會缺鈣吧……

或者可能是對我們擅闖感到不爽……

不，不應該以外表判斷他人。

有可能她其實非常溫柔，個性和藹可親！

「妳就是那個不正經的新人，叫做梅嘉梅加的嗎？」

聲音相當有壓迫感。

居然見面就給人下馬威……

「對呀對呀～今天是希望能和前輩仁丹小姐和睦相處，才會前來的喔～」

梅嘉梅加神果然走隨便風格。

雖然也有輕率反而立大功的案例，但這次與仁丹女神在人物關係上，就像水與火一樣不容。

可是，梅嘉梅加神也說已經想了方法，就期待她的表現吧。

梅嘉梅加神迅速將手伸進事先準備好的布袋。

她要拿出什麼？

「所以說，這是伴手禮『食用史萊姆』。希望符合您的口味～」

突然就用伴手禮戰術!?

難道對神明之間也有效果嗎!?

「您什麼時候買的啊!?」

「一位名叫哈爾卡拉的精靈在工廠附近販售，我向她買來的。就算是認識的對象，也不能拿免錢的嘛。不如說正因為是朋友，才應該付錢喔。我認為支付對價才是表達敬意。」

「原來在鎮上販售啊……還有，我剛才問您的意思並非不用特地去買啦！」

「放心！我買的可是贈禮用，最豪華的款式喔！還包含對贈禮對象的敬意呢！」

「免了。」

結果被一口回絕。

我就知道……她可不是會說「哎呀～真不好意思，收下您的禮物～」這種話的神。

「別這麼說嘛～口感和之前的點心不一樣，很好吃喔～」

梅嘉梅加神也真是百折不撓……

「朕不喜歡甜食。拿回去。」

© Benio

天啊，她真是冷淡。第一個戰術就失敗了。

「呵呵呵，我早就料到妳會這麼說囉。」

梅嘉梅加神咧嘴一笑。再怎麼說，這種情況都沒機會翻盤吧。好啊，如果這是唯一的戰術，那就只有絕望可言了。

只見梅嘉梅加神再度將手伸進布袋內。

「換句話說，您並非甜食派，而是喜歡喝酒的辛辣派吧！我還帶了號稱神酒的最高級酒喔！一起喝通宵吧！」

這次居然掏出酒瓶！基本上想靠收買喔！

「不用了。」

再度被她一口回絕。

「咦？這真的很好喝喔～不喝可就虧大了喔～」

「妳想用吃喝引誘朕上鉤吧。朕才不會上妳的當，開什麼玩笑。」

「不會吧……『靠賄賂請對方高抬貴手的戰術』失敗了……」

梅嘉梅加神顯得十分後悔。

「神明可以做這種事情嗎!?」

「亞梓莎小姐，有學過己所不欲，勿施於人這句話嗎？」

「喔……上輩子聽過。」

「我收到別人送的酒會感到很高興喔！所以才會認為這招應該會順利！」

「誰曉得啊！」

連我都想站在仁丹女神這一邊了。

仁丹女神「哼」一聲哼笑。她絕對是個S。

「梅嘉梅加，朕早就知道妳的打算了。妳覺得自己的宗教有可能遭受鎮壓，才想來求朕開恩吧？」

早就被她看穿了。不過任何人都知道吧。

「沒有啦～我只不過啊～想和前輩和睦相處～真的不需要酒嗎——」

「這個世界上有許多神明。朕都瞭若指掌，大多數事情都不予追究。」

梅嘉梅加神的話說到一半，被仁丹女神打斷……

「那真是太好了～所以您也願意對我高抬貴手吧！太棒啦～」

這女神真是樂觀耶……雖然這是活下去的重要技能。

「住口，小丫頭！」

另一方面，仁丹女神氣到發飆。

「妳的『德行集點卡』是什麼玩意!?胡鬧也該有個限度!一點神明的威嚴都沒有!所謂的神明,必須更加崇高才行!」

——才行,才行,才行……

空間內迴盪著仁丹女神的聲音。

我也明白仁丹女神的心情。她不希望自己和到處發集點卡的神明相提並論吧。

可是被對方罵得這麼難聽,梅嘉梅加神應該也無法繼續默不作聲。

「唔……這、這個,要說胡鬧的確是胡鬧……但是該說世界上有這些有趣的要素也不錯嗎……」

「這一點不能承認啦!」

如果信徒也知道神明在鬧著玩,會受到打擊的!

「即使是這些沒用的事物,不是也有存在價值嗎?不,不如說沒有存在價值也無妨。難道沒有價值的事物就不該存在嗎?我認為毫無價值也無所謂。所以才會有像我這種神……」

總覺得她說的話有道理,但可能因為卑躬屈膝,我的內心沒什麼感動……

「叫梅嘉梅加的,神明對妳而言是什麼?難道只會開玩笑而已?還是妳有什麼熱情的志向?堂堂正正向朕傳達吧!」

對方抛出超正確的言論。
不過，這也是好機會。
只要當場說出讓仁丹女神感動的論述，或許她會同意。
「……………神明？…………這個…………神明啊…………」
「居然一句話也說不出來!?」
只要巧妙將話題帶到價值觀，總能講出幾句論述吧！他毫無辯論能力耶！
「即使是簡單的小事也好，只要做好事的人變多就行，我認為只要能抱持這種心情，細水長流地行善就好啦～對，主題就是細水長流。就像麻薏（註3）啦、椰果或柚子胡椒之類，不知不覺就在那邊的世界扎了根……」
「椰果與柚子胡椒是什麼東西？」
這個世界果然沒有椰果呢。乍看之下像寒天，不過嚼起來很緊實，是口感獨特的食物。不如說有麻薏這種東西嗎？
「和妳對話簡直沒完沒了。夠了，回去吧。朕會向神官宣布神諭，全面禁止梅嘉梅加教。」
結果跑一趟卻讓事情更惡化。

註3 黃麻的嫩芽。

「我知道了。那麼公平起見，用抽籤決定吧。」

「嗯，明白就——妳根本不明白嘛！」

悠久傳統的女神居然順勢吐槽。我該不會見到驚人一幕了吧……？

「朕叫妳回去！怎麼會冒出抽籤這個話題！再不回去就將妳變成青蛙！」

「哎呀～用青蛙和『回去』開同音字的玩笑很冷耶～」

「這不是冷笑話！朕沒有開玩笑！妳真的給朕適可而止！」

原本態度冷靜沉著的仁丹女神終於滿臉通紅發飆了……梅嘉梅加神的隨便程度真厲害。

只見梅嘉梅加神右手抓著幾根筷子般的細木棒，朝仁丹女神伸出。而這也是從布袋裡掏出來的。那個袋子還真是什麼都有啊……

「朕叫妳立刻回去——」

「其中只有一根棒子上有記號。只要仁丹女神大人抽到的話，就請允許我的宗教吧！」

或許應該學習她的硬拗精神。

可是棒子總共有十根，從中讓對方抽到一根的機率應該相當低。

我偷瞄了一眼梅嘉梅加神，她眨了眨眼。

意思可能是交給她吧。

「來，請抽吧！」
「等等。真的只有一根有記號？在抽之前讓朕看所有棒子。」
「哇咧。」
她剛才親口說出「哇咧」這兩個字了吧……
梅嘉梅加神鬆開手，棒子掉落到下方。
所有棒子上都有記號。這完全就是詐欺……
「神明不可以說謊吧!?這是不可以踰越的界線吧！」
連我都看不下去了。
「沒有啦，我原本以為這種老套手法能出乎意料地奏效呢～畢竟她是古典的神明啊。『沒有人會被這種老掉牙手段騙吧，以現在的故事水平是不可能的。』神話裡不是很多這種哏嗎～」
神明可以貶低神話嗎？
「夠了，梅嘉梅加，快滾。妳是這五百年的流行神當中，最沒用最低劣的一個。朕要透過對王國有影響力的神官全面禁止妳，還要燒光妳的教義相關書籍。噓，快滾。」
已經沒有任何協商的餘地了。
「呃，現在該怎麼辦，女神大人……？不如說已經沒救了吧。」

「別擔心，亞梓莎小姐。我還有錦囊妙計。當然還有扭轉這個危機的方法喔。」

總覺得真要說的話，危機是梅嘉梅加神自己造成的，但既然有方法就快用吧。

梅嘉梅加神筆直盯著仁丹女神。

哦，終於有認真的氣氛了。這次終於有機會突破困境了嗎？

結果梅嘉梅加神當場雙腿著地——

——下跪求饒。

「拜託您網開一面！真的沒有什麼危險的成分啦～！」

居然用哀求戰術喔！

這是計策沒錯，可是太小家子氣了。

梅嘉梅加神在我眼中愈來愈像哈爾卡拉……

態度隨便，莫名其妙樂觀的特點很接近……

「朕要徹底鎮壓妳的宗教，百年後不留下一絲一毫妳的紀錄。」

原本以為印象不會再更差了，想不到進一步惡化！

束手無策了。

能使出的方法都用過了，統統以失敗告終。

事到如今，拜託仁丹女神調解是不可能的。

「沒辦法，使出最後的計策吧。」

梅嘉梅加神緩緩從下跪的姿勢站起身。老實說，我連她說的計策都不抱期待。

「早就叫妳該回去了……小心朕散布只有妳的信徒會罹患的疾病。」

終於連信徒都要陷入危機了……

「仁丹女神大人，以力量決定究竟誰才是正確的吧。」

只見她從布袋取出一支細長的劍。那袋子該不會銜接四次元空間吧。

我原以為這也會遭到拒絕——

卻連仁丹女神的嘴角都露出笑意。

「有趣。侮辱朕的神與她的使者，看朕一起消滅妳們。」

仁丹女神也拿出更加古色古香、劍身厚實的劍。

等等等等一下，她剛才是不是說了很可怕的話!?

「這個，我只是跟她來而已耶!?只是認識這位胡鬧神明而已喔！拜託不要弄錯好嗎!?別消滅我可以嗎!?」

殃及我可就麻煩了！非常麻煩！

「啊，亞梓莎小姐，妳太過分囉！想推卸責任嗎！」

「推卸責任的是女神大人您吧！一點都不安全嘛！完全牽連到我了耶！」

「完全、牽連（註4）……這個笑話算三十七分吧。」

「我哪有心情開玩笑啊！」

果然當初就不該參加！這種百害無一利的狀況也真是罕見！

「算了，那名使者不足掛齒。梅嘉梅加，等著後悔對朕拔劍相向吧。」

「真可惜～我已經後悔囉～所以沒笑～」

小孩子嗎！而且她居然已經後悔了喔！

「亞梓莎小姐，由我來保護妳。」

梅嘉梅加神站在我的面前。

「謝謝您——雖然想這麼說，不過當然，希望您盡到責任保護我。」

畢竟這可不是遭到小混混糾纏的時候，有陌生人拔刀相助。一切原因都出在妳身上。

「見識朕的傳統劍技——」

「覺悟吧！」

趁對方還在說話的時候，梅嘉梅加神已經衝了過去。

這一點似乎有勝者為王的態度。

註4 日文幾乎同音。

「賣弄小聰明！等著淪為劍下亡魂吧！」

仁丹女神整體遣詞用字十分古典，的確像是很有傳統的神明。

——可是對戰的兩人，動作卻超乎想像。

光是眼睛追上都很勉強……

兩人憑藉超強體能刀光劍影，並且承受敵人的攻擊。

以我的狀態勉強能看清戰況的層次，代表神明的能力果然不同凡響吧。

「這就是神與神之間的戰鬥……唯有這一點是玩真的。女神大人也很厲害呢……」

匡！鏘！

劍與劍每一次碰撞都發出金屬聲響。雙方絲毫不打算退讓一步。

情況明明相當危急，我卻對舞蹈般的劍戟交錯看得入神。

這場戰鬥堪稱頂上決戰。

「妳的武藝頗有兩下子，能匹敵這個世界的武神。」

「那當然啦～因為同樣是神明，我的位階比較高呢～」

仁丹女神的表情出現一絲陰影。

這是代表不悅的表情。

不過迎戰的劍並未停下。

「妳這句話是什麼意思？」

「就是這個意思。我原本是管理好幾個世界的神明，另一方面，妳卻只是管理特定世界的神明之一。比如說我是總公司的幹部，妳的等級就是在地的分店長。」

比喻雖然很糟糕，不過她這番話應該是對的。

即使憑感覺思考，對多數世界具有影響力的梅嘉梅加神，身為神明的位階理應較高。

「當然……我在工作上出了包，才會淪落到這個世界……所以會受到一定程度的限制……」

不利的資訊就不用說了！

「話雖如此，應該可以贏過仁丹女神呢。我只使出五成……六成……八成的力量而已。」

不是已經使出相當多了嗎！還差一點就要使出全力了耶！

「原來如此……如果妳這番話屬實，難怪妳的劍技如此精湛。」

仁丹女神的表情露出疲態。

看起來是梅嘉梅加神占上風。

雖然不明顯，但仁丹女神陷入防禦的情況增加了。

「上呀上呀！直接讓她投降吧！」

即使彼此無法溝通，看來也有機會塵埃落定。

「好，差不多該決勝負囉！」

梅嘉梅加神往前衝。

可是就在這時候——仁丹女神好像在笑。

果然是很S的笑容。

然後她擺出那尊神像般，雙手像相撲力士往前推的姿勢。

「小丫頭！妳露出破綻了！變成青蛙吧！」

從仁丹女神雙手發出的藍白色光芒，碰上了梅嘉梅加神——

——當場出現身長一公尺左右的巨大青蛙。

「啊！糟了！被變成青蛙了！」

青蛙梅嘉梅加神大喊。

似乎會說話。還有尺寸太大了，感覺好詭異。

「哈哈哈哈！這才是朕的祕招！今後妳就當一隻青蛙，吃蒼蠅活下去吧！」

好惡劣的絕招……吃青蛙生活實在太討厭了……

「不過再讓妳嘗點教訓，或許也不錯。」

仁丹女神再度握住劍。她要攻擊青蛙嗎？這算虐待動物吧？

只見她大步接近青蛙的面前。

「哇～！雖然想逃跑，但是卻無法順利跳躍！」

梅嘉梅加神變的青蛙只會朝正上方跳躍。要熟練青蛙的跳躍技巧，似乎也需要訓練。

「這是挑戰神明的懲罰。」

在這段期間內，仁丹女神與梅嘉梅加神之間的距離依然不斷縮短。

這可不能置之不理。

我衝上前去，站在青蛙梅嘉梅加神面前。

「我認為欺負弱小是不對的！」

並且清楚告知仁丹女神。

竟然攻擊沒有武器的青蛙，是神明不該有的行徑。

又不是邪神，希望她別這麼做。

「梅嘉梅加神的使者嗎？記得妳是世界最強的人類，高原魔女吧。」

連神都知道我的名號嗎？畢竟管理這個世界是神明的工作，這也難怪。

「即使在人類當中最強，也贏不了神。更贏不了悠久傳統、深受信賴又有實際成

© Benio

果的朕。立刻讓開。」

「我不要。」

「如果現在乖乖聽話，朕可以只讓妳的家裡出現一大堆蟑螂。」

這已經很討厭了吧……

不過在天譴之中，難道使用蟲子是潮流嗎？梅嘉梅加神之前也說過什麼團子蟲的。

「亞梓莎小姐，放心吧。世界上也有會食用蟑螂的地區喔！」

「青蛙神，這能算是安慰嗎……？」

「還有，在家裡出沒的蟑螂只是整體蟑螂的一小部分！大多數蟑螂棲息在森林或山裡，所以不骯髒喔！」

「不用再說這些蟑螂的小知識了！」

別在這種危急狀態下胡鬧，我可是身體相當緊繃呢。

「我認為梅嘉梅加神也有很多問題，就像出包連連的百貨公司。可是……」

我雙手張開做出禁止通行的姿勢。

「既然她已經變成毫無防備的青蛙，我就要保護她。無法對她見死不救。」

話雖如此，敵人若不是神明級，而是神明本尊，或許該適用不同的理論……但這種話我說不出口。

「亞梓莎小姐！太了不起了！真是清高的內心啊！」

梅嘉梅加神似乎十分感激。雖然情況並未改善，但有一搏的價值。

「對於妳的義行嘉舉，特別贈送妳蓋滿了章的『德行集點金卡』！」

我的手上出現一張金光閃閃的『德行集點卡』！這是『德行集點卡』中的『德行集點卡』！

「——我不需要！給我更實用的東西啦！」

拜託，稍微有點緊張感好不好！

「不，那並非單純的『德行集點卡』。」

從後方傳來變成青蛙的梅嘉梅加神聲音。

「就說了，只是變成金卡沒有意義啦。不如說集點卡快被禁止了耶。」

「『德行集點金卡』蓋滿章的人極為尊貴，能獲得等同於神明的力量！一言以蔽之——就是可以升級！」

空間內顯示了我的狀態。

「原本以為已經滿級，想不到又變得更強了！」

不愧是現役神明的奇蹟……雖然現在是青蛙……

「呣呣呣……竟然得到了神明等級的力量……？區區人類怎麼可能贏得了朕……」

提高警覺的同時，仁丹女神步步進逼。

總之我先試著採取行動。

在她反應過來之前，我先進入攻擊間距內。對手的動作看起來特別緩慢。

我的反應速度超越了仁丹女神！

這樣就能和她一較高下！

然後我暫時與仁丹女神拉開距離。

「怎麼，只是單純靠近而已嗎？」

「仁丹女神，妳似乎有重要的東西不見囉？」

對手似乎也察覺到異常。

「朕的武器竟然被她奪走了……？什麼時候？」

沒錯，我偷了仁丹女神的劍，然後再度拉開間距。

「簡直就像社畜時代的體能，回到高中女生一樣身輕如燕。」

「怎麼會有這種事……照理說不應該打破傳統才對……」

敵人也面色蒼白。總覺得她滿口傳統，聽起來就愈可疑。

「傳統也很重要，但是最重要的不是讓人獲得幸福嗎？如果梅嘉梅加神的宗教一直在讓人幸福，那就不應該以怪異的理由排除吧。」

我說出自己的意見。

就算對手是神明，既然已經打起來就是平起平坐。我當然也有表達意見的權利。

「至少對神明而言，不應該攻擊青蛙吧。不論有沒有傳統都不應該，不是嗎？」

「唔……無、無法反駁……」

其實我沒有要強辯的意思……但只要她願意反省就好。

「可、可是！即使沒有武器，空手也可以戰鬥！屈服於人類根本史無前例！朕不承認！」

唔，她還真頑固呢。

「啊～原來是這樣啊～我青蛙知道了呱呱～」

梅嘉梅加神已經開始適應自己是青蛙了……

「換句話說，仁丹女神就是『老害』吧呱呱～」

聽到這句話，仁丹女神頓時滿臉通紅。

青蛙神剛才拚命刺激她耶！

「沒有！絕對沒有這種事！朕才不是什麼老害！朕的意思是不該違反既有的神明模範——」

「難道這個世界上，人類誕生的瞬間就有大教堂這種建築款式嗎呱呱。如果要以保護慣例為優先，那麼任何建築物都不該為了神明而建造呱呱～」

哇，青蛙神想駁倒仁丹女神耶！

「可、可惡！」

淚眼汪汪的仁丹女神朝我直撲而來。

呃，可是我的手上拿著劍當武器耶……沒辦法，只好丟掉了……

接下來變成好像肉搏戰——但連力量也是我占盡上風。
仁丹女神的動作看起來就像靜止不動。我當然不可能輸。
眼看仁丹女神很快就上氣不接下氣，步履蹣跚。
剛才與梅嘉梅加神戰鬥過，本來就似乎十分疲勞，應該沒辦法再打了吧。
「好，差不多可以投降了吧。」
「哼！朕還有計策！」
神明真是喜歡計策啊……
「妳也變成青蛙——」
我在她發出變青蛙光線之前接近她，以左手摀住她的嘴。
「唔嘎嘎嘎嘎嘎！唔嘎嘎嘎！唔嘎！」
「真可惜。我可以在妳開口之前搶先行動。」
摀住她的嘴一會兒後，仁丹女神頓時無力地虛脫。
看來似乎暈倒了。
嗯，是我贏啦。

沒過多久，仁丹女神便恢復了意識。
不如說原來神明還會失神。我原本心想，這段時間該由誰觀照世界，但在多神教的世界中可能不是什麼問題。

「朕竟然敗給區區人類……實在是太大意了。」

仁丹女神緩緩起身。

青蛙神開心地蹦蹦跳跳，同時高呼「嘿嘿～亞梓莎小姐真是厲害呱呱～」。

她很享受自己變成青蛙吧。

這份樂觀主義或許也該傳教才對……

「仁丹女神大人，可以拜託您取消梅嘉梅加神信仰的禁令嗎？反正也不是對這個世界有害的思想。」

首先我確認最重要的部分。

「明白了……朕承認什麼『德行集點卡』……」

好，懸案就此解決。

「或許朕也有點太心胸狹窄了。不知不覺中開始抗拒奇怪的事物。」

青蛙在一旁多嘴「這就是老害的徵兆」。拜託！要是再打起來可就糟了，小心一下遣詞用字好嗎！

「此話不假。只會維護傳統，就無法誕生新的事物。」

啊，她爽快地接受了。該怎麼說呢，她可能落敗後就會突然變得溫順。

「正因為能接納新的事物，傳統才得以存續。這一點必須靈活以對。」

「對啊，在日本吃最多麵包的，是古都的京都人喔。」

「仁丹女神絕對聽不懂這句話啦……」

就算得到日本相關的資訊，我也派不上用場。

「嗯！那就在朕的神殿也發行『德行集點卡』吧！」

仁丹女神氣勢十足地表示。

……啊，她下定決心朝奇怪的方向轉彎了！

「讓神官們製作仁丹女神授予的『德行集點卡』吧！馬上下達神諭！」

「不行！這可是抄襲！這項體制是我的點子！」

青蛙神突然大驚失色。如果這招被仁丹女神引用，最大的特徵的確就會消失呢。

「可是從新鮮的事物中汲取精華，才能防止變成老害。這不是好事嗎？」

「我取消之前罵您老害，拜託您高抬貴手！真的求求您！」

我在一邊看著，心想神明的業界也真不好混呢。

理論上不存在什麼著作權，希望兩人以協商決定。

「話說回來，竟然誕生了超越身為神明的朕的存在。難以預料今後這個世界會變得怎樣。」

仁丹女神對我露出錯愕的眼神。

連我都知道自己變成超乎常理的存在。

可是我之前似乎就是世界最強，立場似乎沒有太大的改變。

「不知道未來的世界也不錯啊。凡事早已註定的世界很無聊呢。」

青蛙神表示「啊，這句話說得妙。我要了！使用在經典上吧！」

這種法則就是愈接近神明，愈難以尊敬。

還有，她不知不覺中放棄了在語尾加上呱呱兩個字……對人設真是缺乏堅持耶……

「仁丹女神，抱歉剛才對您失禮了。責任都在這位梅嘉梅加神身上。」

「妳已經贏了朕，可以直呼仁丹無妨。」

這該不會是相當優渥的待遇吧？

「仁、仁丹……這樣稱呼真的可以嗎？」

「嗯，可以。如果還有什麼困難，來的話倒是可以商量。」

與神明建立了新的人脈。

遠比認識藝人這種等級的吹噓更了不起呢。

「朕也會向侍奉朕的神官下達神諭，要慎重款待高原魔女亞梓莎。」

「呃，不用了……拜託別太敬重我好嗎……？」

這有徹底破壞慢活的可能性。

「哞，是嗎？為了讓妳的房子變得莊嚴肅穆，還可以統一從全國收稅。」

「不要！千萬不要！」

這有可能招致全世界居民的恨意！

「朕知道了，那就走溫和路線，交給朕吧。」

「好的……真的拜託您高抬貴手……」

神明的氣度太大了，如果不拜託她謹慎運用是很可怕的。

「好，差不多該進行累積的工作才行了。」

啊，不可以打擾她工作。

「抱歉給您添麻煩了。我們先走一步。」

「嗯。只要朝那裡前進，就會自動回到大教堂。」

我向她揮了揮手，然後奔跑在空間中。

◇

回過神來發現，我已經在大教堂內。

四周的人都看著我，而且一臉驚訝，難道是因為我突然出現在這裡嗎？

「打擾了！哎呀，能來到大教堂巡禮真是太好了，太好了！」

我裝腔作勢地開口，然後離開大教堂。

「真的非常感謝！」

剛走出大教堂，便再度獲得梅嘉梅加神的道謝。

「如果亞梓莎小姐沒有跟我一起來，事情可就麻煩囉。果然即使是分店長等級，也不可以小看神明呢～」

「這句話可以等離開大教堂更遠一點再說嗎？」

小心又惹她生氣。下次我可不負責任……

可是即使走出大教堂，依然覺得旁人的目光始終盯著我們。

從外表應該也看不出我變強了，到底是什麼原因？

看來比起我，視線似乎集中在梅嘉梅加神身上。

「那就回去吧～！事情搞定囉！」

啊。

我察覺一件重要的事情。

「女神大人還是青蛙的模樣！」

沒有請仁丹將她恢復原狀！

「啊！原本以為俐落地收尾，結果事情還沒搞定～！」

之後確實請仁丹將梅嘉梅加神恢復原本的模樣。

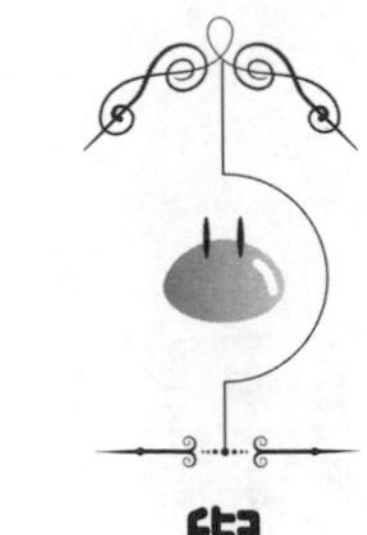

與惡靈講鬼故事

我們難得前往惡靈們的古代國家，沙沙．沙沙王國。

上次是小穆來我們家，所以這次想帶羅莎莉去。

附帶一提，我們搭乘化為龍型態的萊卡移動，哈爾卡拉也跟著來採集植物，所以剛好四人。

「非常感謝妳，大姊，這麼麻煩妳大費周章。」

羅莎莉客氣地表示。雖然她是幽靈，但也乘坐在萊卡身上。

「要道謝就向帶妳去的萊卡道謝吧。我只是提議去那個國家而已。」

「不會。增廣見聞是為了自己，所以吾人非常歡迎。」

「萊卡這句話真是模範呢。更驚人的是這是真心話……」

我只有在面試現場才有自信講出這種話。

「那個王國附近好像有許多未知的植物，我也很期待喔～♪不知道會不會有優質蘑菇呢～♪」

She continued destroy slime for 300 years

「哈爾卡拉，發現新品種蘑菇是好事，但可別採集到毒性強烈的品種喔……」

萬一處理不當，鬧出人命就傷腦筋了……

「放心吧——雖然想這麼說，但我也會提高警覺的。不知名的森林對精靈而言也是危險地帶。」

「哦，哈爾卡拉也成長了！自覺到很危險了呢！」

「一千多年前發生過，曾經進入這一帶森林的精靈流行類似新型的疾病，造成大量精靈死亡……」

這可不是開玩笑的！

「呃，這個，反正是很久以前的事，我想應該是想太多了……哈哈，哈哈哈……啊，一想到就開始覺得好可怕……」

連我都跟著害怕了。

原來如此，未知的土地還有這種風險啊……

「啊，師傅大人……一感到不安就開始暈龍了……」

我開始覺得帶哈爾卡拉前來是錯誤的決定。

然後我們抵達了金字塔型遺跡林立的沙沙．沙沙王國。

小穆雖然身為國王，卻立刻前來迎接我們。

動作如此輕快，不愧是講關西腔的。不，嚴格來說應該不是關西腔，但我聽起來是這樣。

「妳們幾個來得好啊！機會難得，由人家親自帶領妳們到附近的森林吧！」

國王親自陪同我們嗎？還真是無微不至呢。

「不可以，陛下。」

不過身穿露肚臍女僕服的娜娜・娜娜從後方現身。

可能由於是幽靈，基本上都是突然出現，所以嚇了我一跳。

「這個季節在森林有病媒蚊出沒，如果活人被叮咬，會全身發癢，一年後死亡。」

好惡質的疾病！

「啊，對喔，對喔。因為一直死掉都忘記了。那種病很可怕的。因為太癢，大多數患者在一個星期內就會精神崩潰吧。」

既然有這種危險，拜託別忘記好嗎？

「我該不會不應該跟來吧……？」

哈爾卡拉已經臉色發青，我也這麼認為。

「各位，遺跡內部是安全的，要不要在遺跡內遊玩呢？」

娜娜・娜娜面無表情地表示。

她乍看之下似乎有些冷淡，卻是十分能幹的女僕。

「衛生層面不用說，防震補強也十分完善。」
「明明是惡靈，但也太關注小地方了吧……」
於是我們在沙沙・沙沙王國內的遺跡聊天。
遺跡內雖然不會有引人注目的設施，不過看羅莎莉與小穆無拘無束地聊天也算是這次的目的，所以這樣正好。
我們這些活人在遺跡內，也只要好奇地觀賞即可。
到處聽小穆的解說，同時我們展開遺跡之旅。
期間，羅莎莉與小穆幾乎都在聊天。
「沙沙・沙沙王國有名產料理嗎？」
「有啊。因為這裡以前離海很遠，海產十分珍貴。當時靠近海的人類害怕章魚而不敢吃，我們才便宜進口食用。」
章魚的外表有奇形怪狀的部分，不是不能體會。
「噢，因為章魚一直扭來扭去啊，就像魔物一樣。」
「出乎意料很美味呢。將章魚包在麵粉做的麵糰內，烤成球的形狀。」
嗯，那不是章魚燒嗎……不，怎麼可能……
「是叫作『紅魔寶珠』的料理。雖然味道很不錯，但目前有身體的只剩下人家，所以失傳啦。」

名字聽起來很強大，但肯定是章魚燒的同類……

之後，羅莎莉與小穆繼續聊著惡靈話題。

「話說曾經有冒險家跑來，結果在遺跡內力竭而亡。人家心想，拜託別死在那種地方嘛，要死就死在外面。」

「啊～這的確很難受呢……活人抱著試膽的心態闖進來也很煩，不過死掉了也很麻煩……」

似乎是惡靈常碰見的事情，但我沒辦法感同身受。

「附帶一提，死掉的冒險家後來化為惡靈，在這裡定居下來。娜娜・娜娜會使喚他跑腿之類。連死掉都得當新人是很辛苦的呢。」

說著，小穆突然停下腳步。

「糟糕。」

「究竟怎麼了……？」

「這座遺跡完全沒有活人專用的娛樂……」

小穆似乎相當認真地煩惱。

「呃，其實不用太在意我們沒關係……」

「不行！對客人怎麼能如此招待不周呢！如果讓客人感到無聊，對沙沙・沙沙王國而言可是丟臉的事！」

她格外強調這一點。真有這回事？這個王國的文化是這樣的嗎……？

「反過來說，只要有趣就來者不拒。有趣的人才是最強的。不論是王道哏、超現實哏、一發藝或是不恰當的哏，誰逗笑最多的人才是最厲害，最了不起的。」

原來有神祕的堅持呢。與其說是王國，不如說是她的堅持。

「講趣聞雖然很高興……可是這裡很陰森，有點可怕……」

哈爾卡拉邊發抖邊說，畢竟這裡終究是陵墓內部啊。

「啊，對了，人家想到好方法！」

小穆一拍手。

「這時候就該講鬼故事！（註5）」

「看到兩百級或是三百級的階梯，就夠讓人消沉了呢。」

「對啊。人家身體虛弱，所以中途必須休息好幾次，否則走不了。而且雨天會滑

註5 日文音同階梯。

很危險──拜託，又不是階梯！」

她吐槽的很確實呢。

而且我會耍這種無關緊要的寶，是為了避開鬼故事的話題。

「明明才提到很陰森所以恐怖，為何要講鬼故事？這樣很怪耶！」

「吾人也希望避免……」

連萊卡都表情僵硬，她似乎害怕這些。

整體而言，我們家人大多膽小。

哈爾卡拉似乎也不太擅長。

之前得知羅莎莉出現在工廠，晚上去確認的時候，她相當害怕呢。

「有什麼不好。沙沙．沙沙王國在閒暇時刻，大家會輪流說保證精采的故事，很熱鬧喔。而且舉辦又不花錢，有何不可。」

總覺得保證精采這部分的門檻也太高了。

「附帶一提，保證精采的故事中也分幾個類別，鬼故事也是主流的一種。大家在悶熱的時候講些讓人背脊發涼的故事，不是剛剛好嗎？」

「聽起來好像很難……不過可怕的故事倒是比讓人捧腹大笑的笑話容易得多。」

萊卡扠著手同時開口。讓個性認真的萊卡講足以大笑的笑話，應該很困難吧。

「鬼故事嗎～倒不是沒有呢。我有以前在精靈學校念書時珍藏的鬼故事喔。」

哈爾卡拉似乎也可以參加。
看來要以多數決實行呢。

◇

我們來到小穆的房間，圍成圓形坐下。
並非坐在椅子上，而是刻意直接坐在地板上。這樣比較有氣氛。
室內也很陰暗，僅以蠟燭的火光照明。
附帶一提，飲料是娜娜·娜娜小姐端來的。似乎可以靠惡靈念力之類的力量運送。
「好啦～開始講鬼故事吧。那麼要從開始？」
「那從我開始講吧。反正我想趕快結束……」
我舉起手來。因為我會先從難吃的菜餚開始吃。而且一直想著自己要說的故事，同時聽別人說故事也很累。不過若能讓我沒有餘力害怕，或許也是好事。
哏我倒是有。
換句話說，是將日本常見的鬼故事轉換成異世界版本！
這麼一來大家（理論上）都沒聽過，感到害怕的話，倒是值得開心。

「嗯哼，那麼就從我，亞梓莎開始說吧。」

這個哏只要是日本人都知道。

「在某座城鎮的學校內，孩子們之間流傳一個奇妙的謠言。就是以布蒙著嘴的長髮女性會突然向人開口。某個少年也聽到這件事，覺得十分詭異。」

沒錯，這是裂口女的異世界版本。

「某一天，少年走在無人的路上。結果身後傳來女性的聲音。少年回頭一瞧，見到一名以布遮住嘴的黑髮女性站在身後，然後依然遮住嘴的女性詢問：『我漂亮嗎？』」

「師傅大人，這個故事太老套了啦～」

說到一半哈爾卡拉就喊停了。這不算失禮嗎？

可是連其他成員都露出有些無力的表情。

哎呀，難道是我的錯？還有老套是什麼意思？

「亞梓莎大人，那是裂口食人魔的故事吧。吾人以前在龍族學校也聽過。」

「原來有那種鬼故事喔！」

「如今的時代也有這種鬼故事啊，人家以前也聽過。說是即使逃跑，她也會來勢洶洶地追過來，只要詠唱波馬多、波馬多（註6）這個咒語就會得救吧。」

連小穆都知道喔……為什麼會比日本的裂口女傳說更加傳統啊……

「因為食人魔跑得很快啊～憑精靈很難逃脫，所以才可怕～」

食人魔本身就是很可怕的魔物了，當成鬼故事不覺得奇怪嗎？

「尤其是裂口食人魔，似乎在食人魔當中也相當凶惡。根據吾人聽到的說法，裂口食人魔與其他食人魔部落通婚的比例超低，已經絕種了。」

總覺得從鬼故事變成了悲慘故事。

「另一種說法是，裂口食人魔追人純粹是因為他們不善於溝通，只是想交朋友之類。」

「裂口食人魔聽起來愈來愈可憐了！」

「什麼嘛，真沒意思……害人家大失所望。」

唔！這樣我不就變成很無趣的人了嗎，這我無法接受。

「等一下，我還有別的鬼故事……」

現在有必要維護自己的名譽！開始講下一個故事！

「某天晚上，車夫駕駛馬車在山脊行駛，結果遇上一名舉手招呼的女性。車夫心

註6 POMADE，髮蠟之意。

想，女性獨自站在這種地方真是不可思議——」

「師傅大人，這次是幽靈馬車吧。內容是原本想叫女性乘客付錢，對方卻消失無蹤吧？」

又和這個世界重複了！

「……已經夠了，讓其他人說吧……」

總覺得不論說什麼，都會被說已經老掉牙了……

反正我就是個無趣的女人……

「好，換我說囉！」

哈爾卡拉舉起手來。話說哈爾卡拉會說鬼故事嗎？

「這是我還在精靈的土地當學生時的故事。四個女孩放學後，在咖啡店聊起天。」

以開頭而言很普通。

「除了我以外的三人，在班上是關係很好的小團體之一，我是被她們找去的。感覺她們三人一直歡笑不斷呢。哎呀，真是青春呢，青春。」

接下來到底會怎麼發展？

除了我以外的成員都緊張地注視。

「大約過了一個小時左右，其中一人說要補習而先行離開。大家互相說『拜拜～』

『再見囉～』道別。」

哦，意思是那女孩會出事嗎……

「結果少了一人之後，小圈圈另外兩人的眼神突然變得冰冷，足以讓人心驚膽顫呢。」

怎麼，被什麼東西附身了嗎……？

「於是兩人開始說話。『不覺得她最近很得意忘形嗎？』『對呀，真是討厭呢。』不會吧！我心想她們不是感情很好嗎！」

「這只是陰險而已吧！」

「雖然我也是女孩，但是覺得女孩子真可怕……竟然真的轉頭就說先行離開的女孩子壞話……直到現在我都發冷呢。」

「哈爾卡拉大姊，這不算鬼故事吧……」

連羅莎莉都跟著吐槽。這也難怪……

「完全不行，一點都不可怕。不行啦。」

小穆不停抱怨。惡靈對鬼故事挑三揀四，這種制度不覺得怪怪的嗎？

接著換萊卡舉起手。

「接下來換吾人說吧。」

哦，萊卡會說什麼樣的故事呢。很感興趣喔。

「這也是吾人當學生時的故事，以前學校有個學生，凡事都說自己是最強的。對身邊同學也露出霸道的態度。」

就是俗稱的校園霸王吧。

「話雖如此，他卻從未參加過紅龍族內舉辦的比賽。可是他經常公開說自己會什麼絕招，或是會吐什麼樣的火炎之類。」

萊卡的眼神十分認真。連聽故事的我們都受到吸引。

「結果有一天，他的朋友擅自幫他報名了比賽。」

哦，故事進入正題囉。

「…………他竟然在比賽當天逃跑，然後直接搬到其他龍族的土地去。他過度吹噓自己的實力，導致最後無法收拾，羞恥導致他身敗名裂。真是可怕。」

「這絕對不是鬼故事吧！」

我原本以為萊卡會講鬼故事，結果還是沒辦法。

這是有撒謊習慣的人，為了不讓人看穿自己沒實力而拚命撒謊的案例吧……

「任何人都會失敗，沒什麼好丟臉的。可是，他卻營造出不可以失敗的情況，導致他從此不敢在別人面前露臉。無法承認自己弱小的人，輸給了自己的自尊心。真是可怕呢……」

呃，就說害怕的部分有問題了啦。

「什麼跟什麼啊……難道妳們是『不會說鬼故事的女性』嗎？」

小穆以神祕的分類噓我們。

女性為何理所當然要以會說鬼故事為前提啊……

「沒辦法。人家說個悽慘的事件吧。」

惡靈王講的鬼故事啊，或許值得期待也說不定。

「嘎啦、嘎啦嘎啦，咻——轟磅！啪嘰啪嘰、啪嘎、咕嚓轟——————！——————怎麼樣？」

「只有音效而已嘛！」

連是什麼故事都不知道！

「剛才的故事是巨大岩石崩塌，朝底下的村莊墜落，然後直接滾動，壓扁了好幾棟房子。」

「不能說災害類的吧！就說那不是鬼故事了啦！」

「吾人也覺得缺乏細節。」

哈爾卡拉與萊卡都毫不猶豫喊停，看來覺得有問題的不只我一人。不過她們兩人的故事也有很大的問題……

「什、什麼嘛……為什麼這個故事不行啊……人家可是靠這個獨特的哏，在一發藝錦標賽上名列前茅的耶……」

那是以確實逗觀眾笑為目的的大賽吧。

就在這時候，在蠟燭的火光照亮下——

地上出現女性的臉龐。

「哇～出現啦！」「哇，什、什麼人！」「師傅大人，因為講鬼故事，導致惡靈真的來了啦！」

我、萊卡與哈爾卡拉三人都嚇得皮皮挫。

「那是理所當然的，因為我也是惡靈。」

仔細一瞧，原來是娜娜．娜娜小姐。

她還讓杯子飄浮在空中，似乎端了新的飲料前來。

「我嘗試冷不防從地板下冒出來。」

「別這樣！禁止這種胡鬧！」

「不過各位的故事，的確屬於胡鬧的領域喔。」

她說出直率的正確論述。我說的還勉強算是鬼故事，其他人則連鬼故事都不算。

「五十步笑百步呢。算是黃銅級鬼故事師吧。」
「那是什麼職業啊。」
「所謂鬼故事師，曾經是與魔法劍士齊名的受歡迎職業，現在不是嗎？」
難道在古代，會組成勇者、魔法師、僧侶、鬼故事師這樣的隊伍嗎？聽起來好沒用……

「那麼先失陪了。」
娜娜．娜娜迅速消失。
剛才的她最恐怖，嚇得我一身冷汗……
可是如此一來，目前四人講過，結果四人都失敗了嗎？
只剩下羅莎莉而已。

「那就由我來壓軸吧。」

這麼說來，羅莎莉從剛才就幾乎沒開過口。
讓人覺得彷彿一張嘴，恐怖就會逃跑一樣。
「這是以前去海邊的時候，從溺水者變的惡靈聽來的故事。」
前提的設定就已經很賊了。

「雖然那個人是溺死的，但其實他是遭到朋友毒殺，直接丟進海裡。朋友為了生意而向他借了許多錢，他要求朋友還錢，結果被朋友找來海邊下毒殺害。是很常見的故事。」

感覺冷風好像吹到了脖子。

難道遺跡內也有通風嗎……

「由於那名幽靈並非溺水而亡，所以可以去找憎恨的對象。然後聽他說，他心想總有一天要復仇。可是另一方面，卻又想原諒對方。各位知道為什麼嗎？」

這並非出題目考我們，而是說鬼故事的技巧。

故事究竟會怎麼發展啊……

「因為毒殺他的凶手是個和樂融融的四人家族。被害者也認識凶手的老婆與兩個小孩。如果凶手一死，家人就會失去生活的依靠。所以他既想要凶手的命，卻又如此心想。」

說到這裡，羅莎莉頓了半晌。

「——不想牽連到無辜的人。」

萊卡不知不覺中點了點頭。

「某一天，幽靈發現凶手在櫥櫃裡藏了一包毒粉。原本心想讓凶手的老婆發現，質問凶手後，讓凶手反省就好。這樣也不會牽連無辜的家人，以結局而言便足夠了。

可是呢——」

羅莎莉的視線盯著我們。

感覺體溫一口氣下降……

這段奇怪的空白是怎麼回事……

她說故事有緩急之分呢……

「有一天，兩個小孩在櫥櫃裡惡作劇。他們將做菜用的其他粉末與毒粉掉包了。當然，他們不知道那是毒物。應該是抱著稍微改變料理味道的心情。」

萊卡以雙手緊緊摟住自己的身體。接下來絕對很可怕……

「當天晚上，兩個孩子首先雙雙倒地。慌亂中的老婆口吐鮮血後便再也不動。最後只剩下體格壯碩的凶手。幽靈目睹了事情的全部過程。」

蠟燭的火光尖端，羅莎莉的臉看起來好扭曲。

「理論上凶手看不見幽靈，卻望向幽靈的方向這麼說：『是你吧，是你下的手吧！這是你的詛咒吧！』雖然幽靈說不知情，凶手卻聽不見。『為什麼只留我一條生路……殺光全家人實在太過分了！』『不！根本沒有什麼詛咒！』這時候，凶手也跟著服毒自盡，全家人都死了。」

哇……餘韻感覺好差………

「這時候幽靈發現一件事。啊，自己竟然希望避免牽連無辜的人。其實突然死於

© Benio

非命的家人的確不會流落街頭，也不會受罪了。」

我的身體微微發抖。

「——就是這樣，所謂的靈體，具備類似思想的力量。這股力量會在不知不覺中成形。那個幽靈對於自己遭到殺害感覺到類似罪惡的意識，如今依然在世間飄盪——我說完了。」

這時候，蠟燭的火光突然熄滅。

室內籠罩在黑暗中。

「哇！為何會熄滅啊！」

「呀啊啊啊啊啊啊啊！吾人真的不行！呀啊啊啊啊！」

「救命啊，救命啊！我什麼都願意！我什麼都願意做！」

我們高原之家的聽故事三人組全都陷入驚慌。

總之如果不尖叫就受不了。無法承受無聲的黑暗！

「大姊，這個故事還有後續，要聽嗎？」

黑暗中，只聽得見羅莎莉的聲音。

「不想聽！不想聽！絕對不想聽！總之在這麼黑暗的地方沒辦法！」

結果房間內的蠟燭突然點亮。

「光是熄滅火炎就增加不少威力呢。」

娜娜‧娜娜小姐站在該處。

「拜託！熄掉火光是什麼意思啊！時機上太恐怖了吧！」

我發出抗議。

「在不害怕就失去意義的活動上害怕，不是很好嗎？而且之前的故事全都是鬧劇。」

她還真是嘴上不留情呢……

「總之，鬼故事最嚇人的是羅莎莉小姐呢。恭喜您。」

娜娜‧娜娜小姐表情認真地拍手，但由於是幽靈，所以沒有聲音。

「謝、謝謝您……雖然我沒什麼接受褒獎的自信……」

「不會，有結尾的故事真的很棒。真實鬼故事就是不知道為何會這樣，才會感到可怕。不過這種虛構鬼故事，以故事而言的結構力量愈強愈好。」

惡靈之間的這番問答，聽起來好討厭……

「不，那是我從溺水而死的人聽來的真實故事。」

「拜託，怎麼會呢。您開玩笑吧，哪有這種事啊——」

「不，是我認識的溺水者。要不要我帶他過來？」

「不用了……我開始覺得背脊發涼了……」

居然連娜娜・娜娜小姐都感到害怕！

羅莎莉實在太厲害了！

「不過這位羅莎莉小姐的故事，肯定也讓陛下心滿意足吧。有白金級鬼故事師的本領。」

雖然不太明白鬼故事師的標準，總之應該很厲害吧。

「陛下身為惡靈也不能認輸呢。對不對，陛下。」

娜娜・娜娜向小穆開口。

結果小穆當場倒地。

她的瞳孔失去焦點，難道死掉了嗎……？啊，她原本就死了，還真複雜耶……

娜娜・娜娜小姐探頭一瞧小穆的表情。

「已經嚇暈了呢。應該很快就會回神了，請各位稍後片刻。」

被鬼故事嚇暈的死者國度之王，是怎麼回事啊……

不久，小穆醒了過來。只不過神色比平時還差。

「太猛了……該怎麼說呢，聽了會感到不舒服的鬼故事對幽靈而言太猛了……原本以為事不關己，結果一下子衝著人家來……」

話說一般而言，鬼故事不會有惡靈遭殃的內容吧……

「嚇人程度堪比『聽了這個故事的你會死掉』這種打破第四面牆式結尾的鬼故事喔……」

嗯，這的確很過分呢。與其說過分，應該說卑鄙。總覺得如果有人說聽了故事會死掉，感到很不舒服是理所當然的。

「抱歉，抱歉。我只是如實轉述從一位名叫德魯達的溺死者聽來的故事。是六十年前在王都郊區的城鎮發生過的事件。」

「拜託不要輕描淡寫地添加具體性，自行改編啦！比賽到此結束！」

居然還有類似運動家精神的概念喔！

「鬼故事活動中止，中止啦。接下來講笑話吧……況且俗話說，人類平時多笑就會長命百歲！」

她這句話算是笑話嗎？還是說真的？由於弄不明白，我很難吐槽。

「哦，不錯，不錯喔。那就進入這種開朗的話題吧。」

要講可以發笑的故事，我當然同意。笑聲不絕的世界比較好。

萊卡與哈爾卡拉兩人不知不覺中抱在一起，點頭如搗蒜。

這與愛情無關，似乎是蠟燭火光熄滅時感到害怕，才會緊緊抱住附近的人。會想確認自己不是孤獨一人吧。

「有趣的故事嗎……是吾人不擅長的領域……」

「我也沒什麼自信呢～」

萊卡也就算了，哈爾卡拉如果以住在故鄉的家人為哏，肯定能講出幾個笑話。

我還要用上輩子在日本聽到的哏嗎？

總覺得會像剛才一樣，她們會露出故事很老套的反應……但總比什麼也不說來得好。嗯，積極地思考吧。

不如說，羅莎莉能說出讓人發笑的故事嗎？該不會比萊卡更不擅長吧，因為她在宅邸內當了很久的惡靈……

「笑話嗎！那麼我倒是有些哏喔！」

哦，她本人似乎完全沒問題。

「我有之前聽惡靈說過的故事！」

「不准說向惡靈打聽的故事！」

小穆忍不住吐槽。

「真的不行啦！光是聽到惡靈就感到恐怖了……中止！中止！」

被國王強制停辦了……

「陛下還真是膽小。這樣有失國王的威嚴喔。」

娜娜・娜娜小姐該不會找到可以玩弄小穆的哏了吧……

「別管人家！人家就是害怕，有什麼辦法……」

「可是這樣要如何款待各位呢？身為國王，讓客人開心是最重要的。照這樣下去，陛下就只是普通的任性惡靈喔。」

說得還真難聽耶！

「…………好，那就舉辦『紅魔寶珠』宴會吧。人家請妳們吃！」

那不是——章魚燒嗎！

「那個很好吃喔～趁熱放進嘴裡，快要燙傷的同時一邊吹涼一邊吃，超級美味的～裡面十分濃稠，有彈性的章魚吃起來更明顯耶。」

完全就是在解說章魚燒吧。

「陛下，麵粉也就算了，章魚實在弄不到，所以沒辦法。」

「隨便找些材料掩飾就好了！難道沒有海怪嗎？海怪燒也可以！小麥粉用水調開，加入切塊的海怪，以鐵板一口氣壓縮後燒烤！」

這次變成烏賊燒了！

「陛下，當然也沒有海怪，請您放棄吧。」

這裡並未鄰近海洋，沒有是正常的。

「人家不要！才不放棄！煮點東西請客！」

「不，放棄吧。」

「娜娜．娜娜小姐終於變成隨便的口氣了！拜託稍微禮貌一點吧！」

之後小穆與娜娜・娜娜小姐的爭論持續了一段時間——

但我們還是成功舉辦了類似章魚燒派對的活動。

由於沒有章魚，因此在『紅魔寶珠』內加了別種動物的肉。反正森林裡有野豬或鹿。

「怎麼樣？很好吃吧？應該好吃才對！因為人家沒辦法吃，不知味道怎樣。」

沒錯，小穆接近不死族，娜娜・娜娜小姐則完全是惡靈，只有我們才嘗得到味道。

「真好吃！謝謝妳！」

「嗯，這樣的話不論幾百個都吃得下。」

再怎麼說，萊卡這句話也太奉承了……可別真的吃好幾百個啊……

「比起鬼故事，果然還是美味的料理好。」

在家做章魚燒時似乎也可以換個花樣，加入火腿或起司之類，應該接近這種感覺。

身為惡靈沒辦法食用的羅莎莉，與小穆起勁地聊著惡靈話題。

嗯，大家似乎都能享受，太好了。

「亞梓莎小姐，非常感謝您。」

娜娜・娜娜小姐來到我的身旁。由於太過接近，和我有些重合……

「陛下的朋友很少，您能前來遊玩真的幫了大忙。」

她禮貌地向我一鞠躬。

其實她也十分關心國王呢。

「嗯，為了羅莎莉，今後我還會再來的。不如說，全家一起來也可以吧。」

即使是現在，大家似乎都很享受惡靈王國。

不過，有一個人反應怪怪的。

哈爾卡拉淚眼汪汪，以手摀著嘴巴。

該不會（類似）章魚燒不合她的口味吧？

「裡面好燙，嘴巴裡燙桑了……」

「噢，嗯……吃的時候小心一點……」

吃章魚燒的時候，要仔細吹涼再吃。

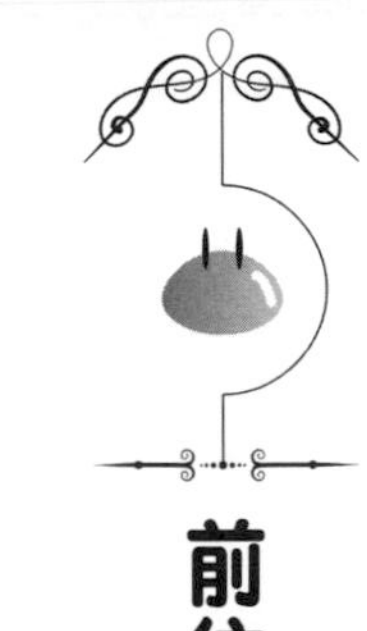

前往無人島

「糟糕……」

我以還有些睡迷糊的聲音如此嘀咕。

面前是波浪拍打的沙灘。

前方是一片空無一物的大海——原以為是這樣，其實有許多島嶼。

看來這裡也是群島之一，

與其說島嶼，形容成漂浮在海上的山，或許比較容易理解。

「也就是說，這裡大概是無人島吧……」

那麼，為何我會獨自來到這種地方——

時間回到不久之前。

大約一小時之前。

◇

我正乘坐龍型態的萊卡前往南方。

「哎呀～真不好意思，萊卡。因為中意的植物只在南方才有呢～」

「沒關係，因為吾人是亞梓莎大人的徒弟。」

其實我早就知道萊卡會這樣回答我，但也覺得太過撒嬌可能不太好。

「部分原因也是覺得最近疏於配藥。所以才想重點式採集優質的藥草。」

「吾人知道。尤其感到最近的亞梓莎大人變得更強了。吾人也認為應該暫時不需要再鍛鍊武藝。」

「知道得這麼清楚啊……不愧是萊卡……」

我的確脫胎換骨，變得更強了。理論上已經滿級，結果又更上一層樓。

因為上次幫了梅嘉梅加神的忙。

雖然比起變弱，變強當然是好事，但總覺得離我的魔女本行愈來愈遠了……為了回歸原點，我才決定出門採藥。

「話說這附近的風，還真是溫暖呢～」

我乘坐萊卡的時候說。

「似乎吹拂著暖風呢。而且吾人的飛行高度也不算高。」
哎呀，真是溫暖宜人。
「亞梓莎大人應該不至於發生這種事，但可別掉下去喔？」
「拜託，我就算掉下去也能靠魔法在空中飄浮，所以不用擔心。」
「也對，是吾人多心了。」

——應該過了大約十分鐘。

「好暖和……好暖和……」
我幾乎快睡著了。
不，不能完全睡著。得保持清醒才行……

——又過了五分鐘。

我（好像）完全進入了夢鄉。
然後身體一傾斜——
（好像）從萊卡身上掉了下去。

實際發現時已經在墜落途中，而且已經下墜了一大段距離。

「哇啊啊啊啊啊啊啊啊啊！這下子不妙啦！」

我急忙施放空中飄浮魔法，才緩緩降落到地面上。

幸好正下方並非空無一物的大海，而是有幾座島嶼並列的區域。我挑選其中一座看起來最寬廣，也有沙灘的島嶼迫降。

萊卡似乎沒發現我掉下去，已經飛向遙遠的彼方。

所以說，我來到了像是無人島的地方。

另外不清楚是否真的沒有人。畢竟不是只生長著一棵椰子樹的地方，後方有森林也有山脈。

「好啦，接下來該怎麼辦……算了，船到橋頭自然直。」

說到危機意識，其實沒有。

像遊戲關卡一樣出現野獸我也不會輸，靠魔法可以烤焦或是冷凍。

真要說的話，讓萊卡擔心倒是很過意不去。

我心想要製作一些充當記號的東西，於是在沙灘上留下大大的『我是亞梓莎』字樣。一開始寫了『**亞梓莎參見**！』……但好像飆車族的塗鴉，所以我擦掉了。

「這樣她會注意到嗎……？」

一直發呆也無濟於事，於是我嘗試是否能創作傳送回高原之家，或是透過心電感應通知萊卡的魔法，結果失敗了。

畢竟是以過去的知識為基礎創作，不是任何靈光一現的魔法都能立刻使用。

如果鑽研的話或許勉強有機會，但這裡沒有可供我研究的魔法書。這可不是一直打坐，某一天頓悟後就能學會使用的東西，需要資料。

「嗯，暫時住在這裡吧！」

我將錯就錯。

一直愁眉不展也沒有意義，積極地思考吧！

「首先保證食衣住吧。『衣』有我身上穿的衣服，所以沒關係。『食』的話，島上多半也有樹果吧。這麼一來，最重要的就是——該怎麼解決『住』。」

然後我進入森林內，啪嘰啪嘰地折斷樹木。

折斷是很簡單。雖然組裝技術靠不住……

我將樹埋在土壤緊實的地方加以固定，這就是柱子。進一步在樹木之間鑽出孔洞，從側面插入較細的樹，當作房梁。

由於有許多很像椰子的葉片，用這些葉片鋪成屋頂吧。

以前萊卡曾經修繕過高原之家，當時的感覺也像這樣。有點接近以火柴搭建房子的感覺。

過了一個半小時左右，臨時小屋完成。

門與鑰匙太難了，放棄！

當作床鋪的草我也隨便拔了一些。再怎麼說都實在沒力製作床鋪了，但與其說氣候相當溫暖，甚至有些炎熱，所以應該不會感冒。

「嗯，『住』差不多這樣就搞定了吧。」

接下來是「食」的問題。

我再度進入森林內。

結果遇見相當大型的鳥類。

鳥也露出「遇見了怪東西……」的表情。碰到這種時候，雙方都會停下腳步呢。

眼看鳥即將振翅起飛，我搶先以火炎烤了牠！

「嗯，看來也可以保證『食』的來源了。」

要是有調味料就好了……不，應該也有辦法弄得到。

由於島上有椰子樹生長，只要挖空果實內部，就能製作簡易水桶。

然後將海水搬運到海邊岩場的凹陷處。

再以火炎燒乾海水。

接下來重複以上動作。

反覆持續一段時間後——底部終於出現了鹽。

「好！獲得重要的礦物質啦！」

這樣就能撐一段時間了。

以求生生活第一天而言，算是及格吧。

可是慢活居然變成荒島求生……

當天晚上我還點燃了火代替狼煙，但萊卡依舊沒來。

畢竟不知道我何時墜落，萊卡又不像火車一樣只會飛行固定的路線，可能很難搜索吧。

我在烤鳥上灑鹽後享用。

「出乎意料地美味呢……」

水分則從椰子樹摘取果實，飲用果實內的液體。

感覺像是味道淡的果汁，總之可以喝。
距離就寢時間還早，所以我在海邊點燃篝火眺望大海。
「啢～漫長的人生中，也有機會像這樣露營呢。偶一為之也不錯。」
我凝視劈啪作響燃燒的火炎。
不用說，感覺十分孤獨。因為除了我以外沒有別人，理所當然。
「話說回來，好久沒有獨自一人了呢～」
我悠哉地說著。
聽著自己的聲音，才發覺好久沒有這樣了。
三百年來，我一直在高原之家獨居。
當然，睡覺和醒著的時候都是一個人。
而我幾乎不會覺得難受或是寂寞。
因為距離弗拉塔村不遠，只要來到村子，與人交流的機會多的是。所以與在日本獨居的人沒有多大差別。
不過自從萊卡開始定居後，我的生活就產生戲劇性的變化。
真的是戲劇性。
法露法與夏露夏前來，然後又多了哈爾卡拉。
接著是羅莎莉、芙拉托緹、桑朵拉。

如果加上來玩的別西卜與悠芙芙媽媽，就更加熱鬧了。

沒算在具體例子的話，佩克菈可能會生氣，還是算她一個吧……

以時間來算，獨居當然最久，不過要回到當初的生活是不可能的。因為和大家一起生活比較開心。

「但是正因如此，雖然很奢侈——但或許偶爾也需要這樣獨處的時間吧。」

思考什麼事情的時候，獨處時間也是很重要的。

而且不獨處的話，就無法實際感受到家人的珍貴與恩惠。

好，明天進入森林，徹底調查是否有可以用在調配藥物上的植物吧。

如果不拿出些成果，也對不起可能在搜索我的萊卡。

其他家人應該也在擔心我。希望法露法與夏露夏別哭。

「啊，如果有手機的話……要是能聯絡得到就好了……」

隔天早上。

我再度狩獵到鳥肉當作早餐，然後進入森林內。

要做記號以免自己迷路——其實我並未這麼做。因為就算迷路，只要以空中飄浮往海邊飛就好。

剛走進森林不久，就見到遍地都是陌生植物。

「當作實地考察或許也不壞。」

抱持徹底調查這座島的想法，到處調查一番吧。

我的決心還算堅定。

既然現在得獨自度過，至少要拿出身為魔女的成果。

現在，我要盡自己一切努力！在這座貌似無人島的島嶼上做獨自一人才能做的事！

草叢另一端傳來窸窸窣窣的聲音。

唔，又是鳥嗎？鳥很美味，看我逮住牠！

我在草叢中撥開草前進。

結果卻遇見奇妙的生物。

褐色毛茸茸，身高大約一百三十公分左右的生物。

有兩顆圓滾滾的眼睛，以及不算長的手。

更有兩隻像企鵝一樣的腳，以雙腳步行。

乍看之下很像療癒吉祥物。雖然這個世界應該沒有療癒吉祥物，至少他看起來很療癒。

這是什麼啊……？

魔物嗎？還是野生動物？

我與這隻療癒吉祥物型動物相互凝視。

這部分很像昨天遇見鳥的時候，但這次可以感受到對方似乎有智慧。

「吶～吶～吶～」

究竟是叫聲，還是對話呢，另一端好像傳來聲音。

我也試著模仿，喊出「吶～吶～吶～」回應。

「吶～！吶～！吶吶吶吶～吶！」

另一端的聲音變大了！

糟糕，惹他生氣了嗎!?接下來究竟會發生什麼事？

結果一大票療癒吉祥物從後方探出頭來。

他叫了同伴來!?

看起來似乎是集體行動，還是兩隻腳走路，難道是這座島的原住民嗎……？

該不會將我當成捕食對象或攻擊對象了吧？

即使我毫不認為自己會輸，但我希望和平解決。

實在不行的話，就以空中飄浮逃跑吧……但這座島很小，小屋很有可能被發現而遭受襲擊呢……

可是——

這些療癒吉祥物開始當場蹦蹦跳。

「吶～吶～」「吶～吶～」「吶～吶～」「吶～吶～」「吶～吶～」

看起來好像在跳舞，至少感受不到敵意。

其中，我發現有隻療癒吉祥物捧著皮革袋。

他從袋子裡取出某些東西。

是琢磨得很漂亮的貝殼。

然後他將貝殼遞給我。

「這是要給我的嗎……？」

「吶～吶～」

我似乎受到他們的歡迎。

原本以為要度過有些孤獨的時光，看來很快就會結束呢。

◇

之後我在神祕部族的帶領下，前往他們的聚落。

只見並列著幾棟宛如我打造的小屋。

「原來這裡不是無人島啊……」

這座島上也的確有居民呢。

聚落的中央廣場還端出了餐點。

烤雞肉置於葉片上，而且還撒了像是香料的東西。別的葉片上還盛放了類似炒蔬菜的料理。

毫無疑問，我受到他們的款待！

「謝謝你們……呃，你們聽不懂吧……吶～吶～」

「吶～吶～！」「吶～吶～吶～！」

雖然不太清楚，但只要說「吶～吶～」就能溝通。

原來還存在這種種族啊……世界上真是充滿未知呢……

現在的問題已經不是尋找奇特植物了。

仔細一瞧，這些療癒吉祥物們有尺寸差異。

聚落中大隻的和我差不多高，另一方面還有身高不滿一公尺的，難道是小孩嗎？

將這個部族當成療癒吉祥物感覺不太禮貌，所以暫時稱呼他們為育育族吧。

大家都在看著我。意思是叫我吃嗎？

我首先從炒蔬菜嘗起，理所當然是用手抓。雖說是蔬菜，但全都是不知名的種類。

「啊，鹽味相當明顯，很好吃喔。有類似香草的獨特風味葉片，而且女性應該會喜歡這味道。嗯，好吃，好吃。」

「吶～？」「吶～？」

他們問我些什麼。就算說好吃或delicious，他們也聽不懂吧。

我使勁豎起大拇指，回答一聲「**吶～！**」

「吶～吶～！」「吶吶吶～」「吶～！」

育育族變得十分開朗，他們聽懂了！

接下來是烤雞肉。

品種和我狩獵的鳥不一樣呢。我也用手抓起來咬。

哦，肉汁溢出來了呢！外皮酥脆，裡面多汁！高品質的味道超乎想像！

「吶～！吶～！非常，吶～！」

育育族蹦蹦跳跳，他們十分高興。

好，我知道怎麼溝通了。只要說「吶～」基本上什麼都能通！

然後一名育育族將一塊像是樹皮的東西拿到我面前。

樹皮上寫著一大排像是育育族的文字，右上角還畫著烤肉的圖畫。

「該不會是菜單!?」

問題在於文字在我眼中，全部都是片假名的「吶（ナ）」以及橫槓。

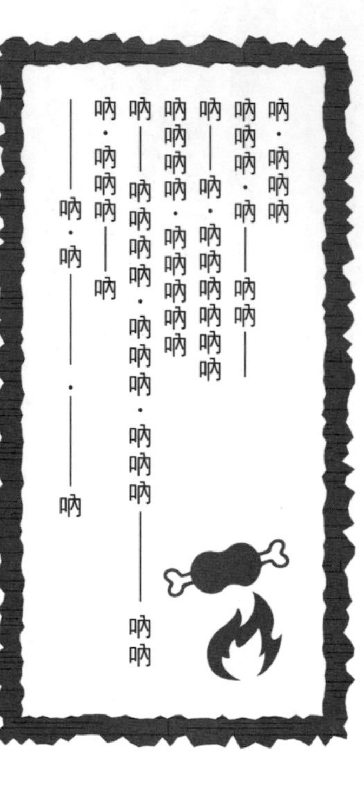

完全不知道會端出什麼樣的料理！一點線索也沒有！

類似進入高級法國或義大利餐廳，結果無法從菜單判斷是什麼料理。雖然我又不是進入這麼高級的店……

該怎麼辦？我已經吃過雞肉了。如果再來一道豐盛大餐，吃不完的話會給他們留下壞印象。

目前肚子大約六分飽。我想點餐，還想來碗茶泡飯。不過沒有茶泡飯。

話說這是免費的嗎？該不會其實是育育族的店吧？之後他們找我要錢的話，不會當我吃霸王餐吧……？

不過思考這些也無濟於事。

我伸手指著菜單。

「給我從上面算起來第二道。」

育育族接過菜單後離去。他聽得懂我點餐嗎……？

不久，下一道料理端了上來。

是加了切成細絲的雞肉與蔬菜的湯品，碗則是椰子殼。

哦！看起來十分美味！

用手抓著吃有燙傷的危險，所以我一邊吹一邊喝。

香料十分濃郁，很美味。感覺身體變暖和。

料很多，肚子也有剛剛好的飽足感。

哎呀，一開始有種進入奇怪店鋪的緊張感，沒想到中了大獎呢。

我再度向育育族說「吶～！」表示好吃。

許多快活的「吶～！」回答我，我已經精通了育育族的語言呢。

「話說享用的料理應該不要錢吧？噢，這樣你們聽不懂呢。」

得好好用育育族語言說才行。

「**吶～吶吶吶，吶～吶吶**？（這道料理不要錢嗎——我是這樣問他的）」

「**吶～**（是的，沒錯——他應該這麼說。）」

嗯，是免費的吧。很好很好。

之後十幾名育育族人來到我的面前。

正當我心想是怎麼回事，只見後方的育育族咚咚敲著像是大鼓的樂器。

前方的育育族則配合節拍，跳起舞來。

「吶～吶～♪」「吶～♪」「吶～吶～……吶♪…………吶♪」

是歡迎舞蹈！我對育育族並沒有什麼貢獻，卻受到款待！還有其中一人走了音，原來是個音痴！

我已經完全受到貴賓的待遇。以新幹線比喻的話，就是比綠色車廂更高級的座位。名字聽起來很帥的那種，好像叫做 Ground Cross 吧。（註 7）

不過我看著他們的奇怪舞蹈，心中卻逐漸感到不安。

不管怎麼說也太好康了……

結局該不會要將我當成祭品吧……？

老實說，從育育族的療癒吉祥物外表看來，實在不像會做出這麼殘酷的事。可是如此爽快地招待神祕的外來者，再怎麼說也太老好人了。

果然，祭品的可能性愈來愈濃厚……

註 7 Gran Class，頭等艙級。

不過呢，有危險的話逃跑就好了……但就算逃到靠近海岸的小屋，也沒有根本解決問題……傷害育育族又不是我的本意，而且他們還請我吃飯。

帶著這種複雜心情觀賞他們的舞蹈，但最後平平安安落幕後，育育族們隨即解散。

用餐完畢的葉片由負責的育育族人帶走。

哎呀，沒人理我？

甚至連監視我的人都沒有，可以輕易逃跑喔……

代表我連祭品都不是嗎？雖然有可能到了晚上就把我當成祭品，但很難想像他們會如此置之不理。

「趁無事可做的期間，展開田野調查吧……」

◇

於是我觀摩育育族的生活。

有兩人組隔著桌子面對面。

附帶一提，育育族由於腳的結構，似乎沒辦法坐下來。他們的腳呈現企鵝形。

桌子上排列著白色與黑色的貝殼。

圍棋!?看起來好像這種遊戲！

兩名育育族人都露出嚴肅的表情，相互盯著盤面——這是我的猜測。不過育育族總是一臉悠哉，所以實際情況我並不清楚。

「吶～吶～吶吶吶吶，吶～」

仔細一瞧，兩人的中央還站著另一名育育族人在說些什麼。該不會是裁判吧？

其中一邊育育族無可奈何地下白色貝殼。

另一邊的育育族跟著迅速地下黑色貝殼。

就在這時，剛才下了白色貝殼的育育族啪噠一聲，往後栽倒。

下了黑色貝殼的育育族邊喊「吶～吶～」邊蹦跳，似乎在表達喜悅。

「原來連遊戲都不缺啊……」

然後我前往從屋頂飄出許多白煙的小屋瞧瞧。

該處以爐灶又是烤魚烤肉，又是燉煮。

有幾人依然在剔除魚的內臟與骨頭。

一旁還有育育族在燙草。

「正在以正規的方式烹飪……」

文明水準該不會比我想像中還高吧……？

我呆站在廚房，隨即有育育族端著盛放了料理的葉片盤前來。

似乎是要求我試吃。

我也帶著感謝的意思說了聲「吶～吶～」然後享用。

雖然不明白是什麼料理，但總之很好吃。的確可以入口耶！

「**吶～吶～**！（在我心中，代表『非常美味』的意思。）」

「**吶吶吶～**（對方說的話。意思可能是『太好了』。）」

我該不會單純受到育育族的共同體接納吧？

逛著逛著，太陽逐漸下山了。

育育族再度大舉來到我的身旁。

「**吶～吶吶吶**」「**吶吶～吶吶**」「**吶、吶吶吶**」

七嘴八舌對我說些什麼。但我聽不懂他們的意思……

結果這些育育族人開始移動，還有幾人回頭望向我。

「意思是要我跟著他們走吧。」

我也跟在這群大約十人的團體後面。

中途穿越森林。

究竟要去哪裡呢？正好與我之前待的沙灘相反方向。

不久後我們來到的地方——是一塊朝海面突出的懸崖。

要說斷崖峭壁嫌低了點，頂多只有十公尺左右。
但是波浪拍打峭壁的聲音還是震耳欲聾。
見到這幅殺氣騰騰的風景，可怕的想像再度浮現。

該不會要從這裡將我推下去，當成活祭品吧……？

的確不見得會在聚落殺害祭品。
也有可能從這裡推下去，獻給海神……
育育族們再度喊出「吶～吶～」，意思是叫我快點跳下去嗎？
不好意思，我可不能死在這裡。
難道只能與育育族訣別的瞬間終於來臨了？
但是，育育族沒理會提高警覺的我——
竟然接二連三跳進海裡。
而且動作像極了企鵝。
「原來是你們要跳喔！」
過了一段時間，頭一個跳進海裡的育育族們溼淋淋地回來。
然後再度從懸崖上跳下。

「好像是這種遊戲呢……」

鄉下不是有種從橋上跳進河裡的遊戲嗎？雖然我沒有實際看過，但是以鄉下為舞臺的虛構故事經常有這種橋段，就是那種類型。

雖然育育族問我是否也要跟著跳，但我回答「**吶吶，吶，吶吶吶**（不，不用了）」予以婉拒。

不久後太陽下山，育育族們才滿意地從懸崖返回。我也跟著他們在育育族的聚落完整地準備了晚餐，族人在熊熊火光中跳舞。我一邊看他們的舞蹈，同時享用晚餐。晚餐有烤魚肉與蔬菜拌在一起的料理，以及好幾種與午餐不同的種類。

他們還帶領我到收集羽毛做成的床鋪。

竟然還帶我前往燒好熱水的岩石浴池。

「還真是無微不至！」

我泡在岩石浴池裡，同時吐槽。

太奇怪了……我原本想過無人島生活，卻很自然地享受觀光……

這對家人很過意不去耶……有獨自旅行的罪惡感。

離開浴池後，躺在床上的我久久無法入睡。

真的可以繼續過這樣的生活嗎？

不行吧。萊卡應該也在拚命找我……

「應該採取行動才對，明天就動身吧。」

◇

隔天早上，我在育育族飼養的雞鳴聲中醒來。

該說「咕嘎咕咕～咕嘎咕咕～」的叫聲相當吵嗎，還真是嘶啞呢……

我來到聚落的廣場，只見所有育育族正配合音樂蹦蹦跳跳，或是扭動身體。

不論怎麼想，這都像是廣播體操！

這個部族的生活看似原始，卻又十分講究呢……

昨晚睡前，我原本想今天採取行動……但是參加體操應該無傷大雅吧……一大早活動筋骨也沒什麼壞處……

然後也享用了一頓豐盛的早餐。

他們準備了以草製成的沙拉與發酵豆類食品。雖然我不習慣發酵食品的氣味，卻不至於無法入口。

接下來……既然已經填飽肚子，差不多該行動啦。

我走到距離育育族的聚落有點距離之處。

保險起見，我一直留意是否受到監視，不過沒有人跟來。

他們給外來者的自由也太過度了……萬一壞人跑到島上，該不會全滅吧……

然後我在該處畫出魔法陣。

詠唱魔族的咒語。

「沃撒諾撒諾農恩狄希達瓦・維依亞尼・恩里拉！」

凶惡的黑色空氣跟著出現。

好，應該順利成功了！

順利掛在三公尺外的樹枝上，別西卜出現了！

「喂！妳怎麼老是將小女子召喚到奇怪的地方哪！就不能正常地在地面召喚嗎！」

或許不能算是順利出現……不過還是別在意小地方吧……

我的行動方針就是召喚別西卜！

這樣總會有解決方法！

像別西卜這樣的魔族，應該也很熟悉與移動有關的魔法。

啊，就算她不會，只要增加人數也能單純地排解我的寂寞！

「這個，別西卜，其實我從萊卡身上掉下來，然後發生了許多事……」

我大略說明了現狀一番。

「換句話說，就是妳不小心凸槌哪……應該說怎麼會在龍的身上睡著呢……就算最強也太缺乏危機意識了……一般人掉下去早就沒命了哪……」

「嗯，今後我會反省這一點的……還有，抱歉突然召喚妳來。」

我採取提前道歉作戰。

「總之，小女子明白妳遇難了。使用讓妳轉移空間的魔法多半是最快的方法。可是如果萊卡還在拚命找妳，就不能先回高原之家了哪……」

明明有轉移空間的魔法，但不知為何，連魔族都不太精通像電話一樣的通訊魔法。之前也特地跑一趟送來招待函。

「嗯，不僅對萊卡有些過意不去，我也打算在這座島上再待一下。別西卜妳幫忙回高原之家，轉達一下我沒事的消息就很感激了。」

「嗯，女兒們因為妳的過失而擔心的表情可不好，我得盡快告訴她們妳沒事。」

就說別用這種彷彿自己女兒的語氣了啦……不過請她幫忙還抱怨也說不過去，所以我保持沉默。

如此大致上的問題就解決了。

「所以呢，會召喚妳來，是因為還有一件事情想找妳商量。」

「終於要讓法露法與夏露夏當小女子的養女了嗎!?」

「不是。」

我指向育育族的聚落。

「那裡住著神祕的部族，應該說神祕的智能生物！有可能是世紀的大發現！」

總覺得最好將育育族的事情告訴魔族比較好。

魔族就像許多種族的集合體之處，或許他們會幫忙妥善處理。至少比被人類的國度發現安全吧。

「妳說什麼？神祕部族？」

「沒錯！雖然是不可思議的毛茸茸生物，但是會打造房子，還會正經地烹調，以及演奏音樂與跳舞！」

別西卜一臉訝異。

宛如這種表情就等於訝異般，和教科書一樣標準，

難道她不相信嗎？我才不會說這種一戳就穿的謊言呢。

「那個部族沒有危害妳嗎？雖然他們應該根本沒有這個能力。」

「嗯，反而還很歡迎我。」

「那麼帶小女子去見見那個部族吧。」

別西卜很乾脆地前往聚落的方向。我也跟在後頭。

一接近聚落，再度傳來「吶～吶～」「吶～吶～」的聲音。

育育族人似乎也發現了別西卜。

哦，該不會是魔族與育育族會面的歷史瞬間!?

「噢，你們是在桑修島生活的雪人們哪。小女子是魔族農業大臣別西卜。」

別西卜絲毫不驚訝，平淡地開口。

育育族的動作頓時停下來

「吶～吶…………是農業大臣嗎？怎麼又有這麼了不起的人前來啊！」

原來育育族根本就會說話嘛！

還有從這情況來看，別西卜似乎早就知道育育族是誰……

然後別西卜轉身面對我，似乎要先向我說明。

「亞梓莎，他們不是什麼神祕部族，而是叫做雪人的一種魔族哪。由於他們居住在相當寒冷的地方，所以妳可能沒見過。」

「抱歉……讓我整理一下情況……」

別西卜點了點頭後，這次轉向育育族。

「可以順便找你們的代表來嗎？」

「知道了～我們去找村長來～」

只有我還沒掌握情況……

我和別西卜在帶領下來到育育族的村長家。雖然這麼說，其實很難判斷誰才是村長。

「嗯哼，那麼亞梓莎，由小女子說明。」

別西卜輕咳一聲後。

「這些雪人在這座桑修島，過著類似部族的共同生活。也就是『南島部族遊戲』哪。」

「妳說遊戲……!?」

這次換村長開口。

「是的，我們雪人平常居住在魔族土地上特別寒冷的地區。很多人嚮往居住在南方國度。所以從三年前展開定居在無人島的企劃，過著類似南島部族的生活。」

咦、咦、咦……

村長告訴我衝擊性的事實……

「那麼『吶～吶～』究竟是什麼意思？」

「由於想表達煞有其事的意思，所以規定不准說『吶～吶～』以外的話。」

拜託，一開始就該說清楚吧！嚇我一大跳！

「到了第三年，終於出現人類遇難者。所以大家都十分起勁，心想可得努力扮演南島部族才行。」

真的假的！

「我們早就想看看遇難者聽了我們創作，很有南島部族風情的舞蹈與歌曲後，會有什麼反應。哎呀，真是太好了。非常感謝您的前來！」

「就算受到感謝也覺得很複雜耶！第一次接觸著實讓我大吃了一驚！」

「包含這一點，也是部族遊戲的醍醐味啊。哎呀～持續三年有了成果呢。」

換句話說，我等於被迫陪他們玩家家酒遊戲嗎……

別西卜拍了拍我的肩膀。

「魔族的壽命比人類長，所以會以幾年為單位做這種異想天開的事情哪。況且又是在無人島，不會給任何人造成麻煩。」

「原來如此。」

即使有些地方不太釋懷，但我只能回答「原來如此」。

「對了，高原魔女小姐。這座島上的植物我們幾乎調查完畢了，要拿標本用的植物來嗎？」

育育族，不，雪人族村長告訴我感激不盡的消息。

「那就麻煩您了！」

「那麼請跟著我前往這邊。」

在村長的帶領下，來到離聚落不遠的洞窟。

一打開洞窟的石門，便見到裡面有間存放了大量文件的房間。

「顯然只有這裡的文明十分發達……」

「除了緊急情況，規定只有在這座倉庫內才能說『吶～吶～』以外的話。」

該怎麼說呢，真是各種麻煩……

「他們的生活除了部族遊戲以外，還兼做南島生態調查之類。可是人類國家沒有掌握的資訊寶庫哪。」

魔族在不知不覺中向外發展呢……

我收下一套島上植物的文件，以及類似收集了各種草的樣品套組。

一看文件，只見連藥效都已經詳細記載……

看來沒必要在這座島上調查植物了呢。

回到聚落後，雪人們顯得特別熱鬧。

若說是為了我和別西卜，又顯得熱鬧過了頭。

「該不會來了新的遇難者吧？」

「有可能。哎呀……總覺得好像看見熟悉的角……」

結果萊卡竟然出現在雪人的中心！

「吶～吶～」「吶～吶～」「吶吶吶吶～吶～！」

「這個，有哪一位聽得懂吾人說的話嗎？吾人在尋找高原魔女亞梓莎大人！」

這次換萊卡陷入困擾了！

「抱歉！萊卡！我在這裡！讓妳擔心了！」

我朝萊卡拔腿狂奔。

「啊！亞梓莎大人！您沒事啊！」

然後我們兩人緊緊擁抱彼此。

太好了……真的太好了……不至於讓萊卡擔心一兩個星期……

「抱歉，一切都是因為我不小心造成的……」

「請亞梓莎大人不要道歉，現在就享受重逢的喜悅吧！」

啊，萊卡真是最棒的徒弟呢，乾脆用臉磨蹭她的臉吧。

「這個……亞梓莎大人，雖然吾人很高興……但是貼得太緊了……」

「哎呀，有什麼關係。反正現在是特別的時刻。」

不過還是在她厭煩之前停下來吧，鬧過頭可就不好了。

「嗯，似乎一切都完美落幕，太好啦。」

別西卜在後方扠著手。

受到她的照顧是事實，所以下次再帶女兒去她那邊玩吧。

附帶一提，向萊卡解釋雪人族的事情後，她一臉愕然。

「原來有過著如此不可思議生活的人啊……」

我也真的嚇了一大跳。

雪人族以「吶～吶～」表示要為我們舉辦歡迎會，不過我婉拒了。

我們乘坐萊卡，迅速前往高原之家。

得告訴家人自己平安才行！

回到家後，隨即受到法露法與夏露夏的擁抱。

「兩人雖然沒有慌張，但看起來也十分不安。身為母親，可要認真一點啊。」

我被扠著手的桑朵拉唸了一頓。

桑朵拉應該比我年長，等於是挨長者一頓罵。

「嗯，我會注意的……」

果然必須確實做到 Ho Ren So（報告、聯絡、討論）才行，我如此反省。

◇

過幾天，我調配了新的胃腸藥。

「好！完成了！高原魔女謹製『高原胃腸藥』！覺得吃太多，或是胃脹氣的話，就服用這種藥吧！」

我向哈爾卡拉秀出自己的藥。因為只有她能一眼看出我配的藥有多厲害。

「哦！師傅大人真了不起！使用的是什麼植物呢～？列出的成分表有伏蘭特州的精靈不熟悉的名稱呢……」

「在南島發現的植物中有好東西喔。」

我從雪人居住的桑修島植物中，發現不錯的成分。

而且那座島上生長了大量植物，所以我採集了不少。

「師傅大人難得重拾魔女的老本行呢～」

「別說難得……我會在意啦……」

雖然發生在南島遇難的小插曲，不過還獲得了植物相關的資料。只要結局完美就一切ＯＫ吧。

「還有另一種藥，與其說這是提神藥，其實只是樹果。」

我讓哈爾卡拉看另一個瓶子。

「這麼有效嗎？」

哈爾卡拉拿起一顆樹果放進嘴裡。啊，這不該毫無防備地吃下去耶！

只見她頓時眼睛睜得大大的。

「哇！嘴裡麻麻的！這樣絕對睡不著！」

「嗯……我打算在乘坐萊卡之前咬一咬……以免我又打瞌睡……」

雖然在這個世界活了三百年，但我會繼續成長喔！

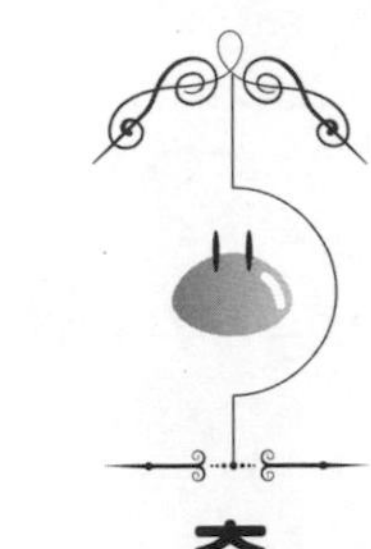

奇怪的人登門報恩

一如往常，別西卜前來遊玩。

「嗯，這杯茶相當好喝哪，而且還有以前沒喝過的香味。」

她坐在桌子旁邊優雅喝著茶。雖然款待她這位客人很正常，不過頻率頗高。

「那杯茶使用了之前雪人族居住的桑修島上生長的葉片，連雪人族都在飲用呢。」

今後我還會再去那座桑修島上採集藥草，魔女的工作也得好好做才行。

「幸好偶然墜落的地方是那座島。劇情發展好像『多虧受傷而躲過討伐勇者隊的徵兵令』這句諺語哪。」

還真是到處都有類似塞翁失馬的諺語呢……

附帶一提，今天的別西卜與平時有些不一樣。

翅膀張得特別開。

可能因為這樣，她並未將重心置於背後，椅子也坐得很淺，結果坐姿十分好看。

「為何今天使勁伸展翅膀？」

She continued destroy slime for 300 years

「最近工作很多，翅膀一直摺著。偶爾也要舒展一下，否則會縮起來哪。這和衣服弄髒很丟臉是一樣的意思。」

「的確，翅膀一直伸出來也很礙事。雖然看起來很帥氣。」

別西卜似乎想起某些不好的回憶，露出陰沉的表情。

「如果一直張開翅膀，關門的時候經常夾到哪……會夾傷翅膀才傷腦筋……」

「嗯，那的確很難受……」

「雖然可以用魔法讓翅膀變透明，但只是看不見，實際依然存在，問題反而更大……比方說快步奔跑的人可能撞上翅膀……基本上麻煩很多，所以才盡可能不張開。」

好像有翅膀的魔族常碰上的事情。

該怎麼說呢，以中二病的方式生活，其實也很不方便。

正好萊卡也同桌——

「萊卡和芙拉托緹在龍族型態時，也有夾到的經驗嗎？」

於是我試著問她。

附帶一提，之前在南島遇難時給萊卡添了麻煩，所以我為了賠罪而重點關照她。剛才我也幫萊卡泡了杯茶。

「不，若是龍族的尺寸，根本進不了普通建築物的門。」

「是嗎……很少會與建龍族型態專用的建築物吧……」

這果然是魔族專屬的問題囉。

「好啦，難得來一趟，就在這裡工作吧。」

別西卜將文件排列在桌上。

「這些政府文件可以從官府內帶出來嗎？要是遺失了很麻煩吧。」

「小女子官位很高，所以沒關係。」

「就是官位高才有問題吧……」

「放心吧，真正重要的文件才不會帶走。這是省內外表改變者的申請文件。因為是無關緊要的工作，才想趁休息的時候搞定哪。」

高原之家可不是咖啡廳耶。雖然也有開咖啡廳的時候，但是一年只營業一天。

「話說外表改變的人是什麼意思呢？」

萊卡提出犀利的問題。嗯，我也不太明白這句話的意思。

「魔族有時候會出現容貌劇烈改變的人。由於變得太徹底，難以判斷是否為本人，所以這些人必須提交確定是本人的申請。」

然後別西卜窸窸窣窣地翻找某些文件。

「比方說這種叫做氣球惡魔的種族。有用圖片畫出他們的差距，一目了然哪。」

文件上的「變化前」這一欄，看起來像充氣的圓球上長出手腳的魔族。這還真像療癒吉祥物呢，相撲力士的療癒吉祥物可能就有這種的。

「而變化後的模樣是這樣。」

別西卜翻開一張文件。

「變化後」這一欄上頭，記載了高個子的名模體型女性魔族。

怎麼這麼像「減肥達成驚人效果!?敬請確認減肥前後的照片！」啊！

「根本不像嘛！完全變成別人了耶！」

「沒錯。由於完全變了一個人，其他職員分不出究竟是變了外表，還是來了不同的人。所以需要申請哪。」

這在魔族世界似乎非常自然，別西卜態度十分平淡。

「而且許多魔族的變化是突然發生的。並非花了幾年時間縮小，而是某一天突然縮小，或是變成別的模樣。判斷真的很困難哪。」

「對啊……明明遞交的履歷表上畫的是圓鼓鼓的人，結果來面試的卻是瘦下來的人，的確會混亂呢……」

連萊卡都一臉錯愕。變化就是這麼極端。

「魔族有魔族特有的問題。若是整個農務省，變身的魔族也不在少數哪。」

原本心想假日何必工作，但看起來不是很忙，應該沒有關係。似乎真的只是確認而已。

「總之，在不勉強的範圍內做吧。」

「既然女兒們去買東西，自然沒什麼事情可做。沒辦法，只好檢查一下文件哪。」

「又來了，這才是目的嗎……」

法露法、夏露夏雙胞胎與桑朵拉偕伴去購物。

雖然差不多可以讓桑朵拉獨自去買東西，不過單純走路似乎會疲勞，所以由法露法和夏露夏負責背她，或是手牽手。

「最近小女子也逐漸明白桑朵拉的可愛之處了，讓桑朵拉當養女也可以哪。」

「就說不會送妳當養女了啦！自己去找不就好了嗎？」

「這個，呃……與完全不認識的人住在一起很尷尬吧……認識的對象比較輕鬆……」

她在這方面特別少女耶。

——這時候，傳來咚咚的敲門聲。

似乎有人來了。

「不好意思～我、我是正在旅行的人～請開門好嗎～」

來自外面的聲音如此自稱。

「旅行者？累了想休息嗎？不過這裡距離弗拉塔村不遠，怎麼會特地跑到高原的獨棟住宅來？」

我會不由自主提高警覺，是因為滿級魔女的資訊已經在外頭流傳。即使最近已經完全沒有，但總是會有冒險家想來挑戰最強的魔女。

「一個人旅行的話，有可能扭到腳之類，總之試著看看情況如何？」

萊卡說得沒錯，先開門一探究竟吧。我自己不久之前才在無人島上（雖然並非無人）受困過，所以秉持互助的精神。

「來了，請問是哪一位？」

我打開門一瞧。

「啊，我是正在旅行的人類……但是我迷路了……方便讓我在這裡借宿一會嗎……？」

站在門口的是年輕雙馬尾女性。

她宣稱的旅行者可能是事實。因為她的手上提著手提箱之類的東西。話說這個世界有這種東西啊。意思只要能製作車輪的部分，總能做得出來嗎？

問題在於她長著類似觸角的器官，而且還有一對像蝴蝶的漂亮翅膀。可能是接近別西卜的魔族吧。

「這個……妳並不是人類吧？雖然不知道妳是什麼種族。」

由於不知道對方身分，總之我先試著提問。

「咦!?露餡了嗎……？怎麼會!?不，我是人類喔。看，怎麼看都像是人類吧！妳看，妳看！」

連她在說「妳看！」的時候，翅膀與觸角都在動！

總之，只知道來了奇怪的女孩。

唔……正當我想對有困難的人表達親切時，卻不斷產生和她扯上關係可能很麻煩的心情……

「其實我迷了路……不好意思，能不能借我留宿呢？具體而言，方便住八天七夜嗎？」

期間好長！找短租公寓喔！

「就算迷了路，從這裡應該可以看到山腳下的弗拉塔村，在那裡也可以過夜喔。最近觀光客也有增加的傾向，增加了不錯的旅館。還有類似溫泉的設施，在那裡住宿應該比較好。」

「啊……其實……我的家族有一項禁忌，就是不可以前往弗拉塔村……這個，呃……我去弗拉塔村的話會溺水！」

耍寶也該有個限度吧！

應該說如果她這番話有哪一部分是事實，反而很厲害耶！

© Benio

「會溺水……弗拉塔村內既沒有池塘也沒有沼澤啊。」

「不，總該有水窪吧……那裡格外危險……有溺死的可能性……」

怎麼會搬出石頭可能從天而降，所以不敢出門之類的理論啊……

「還有，這個……我好像腳也受傷了……而且必須在這裡住七個晚上，否則不會恢復……」

她已經篤定要住七個晚上了！

「稍等一下，我要和家人商量。」

我面露笑容，先關上門。

然後立刻與萊卡和別西卜討論。

「欸，她究竟是什麼人啊……？」

「吾人也在後方看到了始末，她是可疑人物呢……」

「小女子只聽到聲音……但似乎毫無危害。至少沒有壞人的印象哪。」

「嗯，這一點我同意。」

「可是雖然不是壞人，卻似乎是麻煩人物。」

「對，這一點吾人也同意……所以才傷腦筋……」

這和讓麻煩住在家裡沒什麼差別。

「既然妳也受過雪人的照顧，讓她住一晚也未嘗不可吧？」

唔……她搬出這件事情，我就很難拒絕了。

「可是她要求的並非住一晚，而是七晚喔。」

「還真是厚臉皮哪……」

連別西卜都感到錯愕。

「就相信她沒有任何危害吧。不對，可是房子裡也有小孩子呢……」

這時候，我想到好點子。

「這樣好了，別西卜，三個女兒能寄住妳那裡一個星期嗎？抱歉突然拜託妳——」

「沒問題。」

結果她立刻回答。雖然已經預料到，但她真的毫不猶豫耶！

「妳應該也有各種預定的工作吧，沒問題嗎？可以不用勉強——」

「女兒比工作更重要好嗎！」

我話還沒講完她就搶先開口。雖然說得很對，但也有些地方難以接受……

「農務省也有托兒設施，還能請帶薪假！甚至可以讓他們在農業大臣的辦公室內玩耍！小女子要這麼做！」

好久沒有見到別西卜這麼熱情了。

不過，作戰算是成功了。

我的作戰是將三個女兒寄在別西卜那裡，賣她人情的同時，降低讓神祕怪女孩過夜的風險。

雖然她應該不太可能有攻擊我們的意圖，但還是讓女兒避難一下。尤其桑朵拉是曼德拉草，很難說不會有知道價值的人綁架她。

那就如此說定啦。

「別西卜，之後就拜託妳——」

「別西卜小姐已經收拾好行李，從後門離開了。她好像要前往弗拉塔村與三人會合。」

動作也太快了吧。

我回到入口，打開大門。

「那麼妳可以睡在我們的空房間。雖然招待不周，沒辦法款待妳。」

「非、非、非常感謝您！」

像蝴蝶一樣的翅膀翩翩拍動。

完全不打算隱藏呢……

「完全不需要款待我！不如說連打掃都不用！我會全部維持房間的乾淨！請絕對不要偷看房間！如果中途偷看的話，會破壞驚喜的！」

她還真能說呢！

還有總覺得實質上，她已經親口說出了不少事情……

怎麼這麼像白鶴報恩啊……

話說回來，她絕對不會是鶴。有這種翅膀還是鶴的話，衝擊性也太大了。

「來，請進，請進吧。」

「感謝您！」

她緩緩關上門。

結果翅膀被門夾住了。

「啊！糟糕！翅膀折到了！我凸槌啦！」

她終於親口說出了翅膀！

◇

首先她向我與萊卡自我介紹。

「我名叫諾索妮雅。如您所見，我是旅行者，正好走到這附近的時候腳痛……已經一步也走不了，才會想在此地借住七晚。」

她還真的強調要住七個晚上啊。

「吾人是紅龍族的萊卡。話說即使腳受了傷，不是也可以用翅膀飛行嗎？」

「哈、哈哈哈……哎呀～龍族小姐或許可以在天空飛，但我只是普通的人類，怎麼飛得起來呢～討厭啦～哈哈哈……」

我希望她大方承認自己的種族，但她打算堅持否認。

「我是魔女亞梓莎。晚餐時間我會敲妳房間的門，如果妳可以離開房間的話，就自己出來。這樣可以嗎？」

「好的，亞梓莎小姐！敬請多多指教！接下來幾天就拜託您了！我會基於讓房間比來的時候更加美麗的精神，打掃乾淨後再還給您！」

還真是活力十足呢。

我帶領名叫諾桑妮雅的女孩來到空房間。由於空房間很多，碰到這種時候也能立刻應對。

「睡這間房間吧。」

「好的！無可挑剔！我會努力工作的！嗯！」

只知道她幹勁十足呢。

「妳說要工作，意思是要在房間裡做些什麼嗎？」

「這個……我的工作只要有時間，在哪裡都能做……該說是自由作家嗎……就是那一類的……」

「以文字工作而言，妳的行李很多呢。」

她那像是手提箱的行李顯然相當大。

別說一個星期，那尺寸足以提供三星期左右的旅行吧。

「這個……呃……是資料！資料的書籍很重！就是這樣，對！」

繼續追問下去感覺愈來愈可憐耶。

一個星期後可能會發生什麼，反正靜觀其變吧。

話說如果冷靜思考白鶴報恩的故事，就覺得相當扯呢。

因為來報恩的白鶴突然登門，還要求過夜……呃，如果不是相當親切的人，肯定不會同意吧……

還有，既然有不能讓老爺爺老奶奶看到的部分，那一開始做好帶來，直接交給對方不就行了嗎……說是來報恩，結果相當以自我為中心呢……

呃，雖然認真吐槽民間故事也沒什麼意義，不過在現實中體驗陌生人前來借宿的劇情，還真的很不方便呢。

「那位像蝴蝶的訪客究竟是什麼人呢……？」

回到餐廳後，萊卡問我。

「連萊卡也不知道她的種族嗎？那我怎麼可能知道呢。」

「吾人起先以為是小仙子或仙靈族之類。」

啊，仙靈嗎，原來如此！相當有奇幻色彩，不錯喔！

「不過仙靈族不是應該更嬌小嗎……體型大的也頂多像法露法妹妹或夏露夏妹妹。那一位實在太大隻了……」

「嗯，以仙靈而言感覺大得很誇張……冒失這一點或許很像仙靈。啊，接近哈爾卡拉嗎？」

「話說回來，也曾經聽說精靈是從仙靈分出來的種族這種說法呢。雖然那相當於傳說，詳情並不清楚。」

「啊，這我明白……」

如果說哈爾卡拉是大號的仙靈，倒是滿符合的。

變大的仙靈就會變成精靈，與這種理論頗為接近。

這方面的問題詢問這個世界的神明仁丹女神的話，或許她會告訴我。不過請神明指點，感覺也有點犯規。

「話說回來，亞梓莎大人，有個問題想請教您。」

萊卡謙虛地發問。

「以前是否有幫助過蝴蝶呢？」

「咦!?考慮到報恩的可能性嗎!?」

由於這裡是奇幻世界，很難說不可能。

「不，如果問有沒有這種可能性，吾人也半信半疑喔？會認為這是童話故事。可是看到那位名叫諾索妮雅的女孩，就心想是否有可能……」

原來即使在這個世界，認真相信動物會報恩的想法也很幼稚啊……

「我沒有印象。更何況幾乎沒有拯救蝴蝶的情況。」

人類拯救蝴蝶的可能性，頂多只有救出困在蜘蛛網上的蝴蝶吧。

但與其說這是蝴蝶中心主義，對蜘蛛而言形同好不容易抓到的食物被搶走。如果我是蜘蛛的話，甚至想抱怨「那妳也別吃任何動植物活下去啊！這根本就是歧視！」

所以理論上，我不會從蜘蛛網中拯救蝴蝶。

「總而言之，一個星期後就會有答案。等到那個時候吧。」

萊卡也悠哉地表示。

意思是因為諾索妮雅是迷糊人物，沒必要那麼提高警覺吧。

「如果立刻打開門一探究竟，會發生什麼事呢？」

我萌生了惡作劇的想法。

「亞梓莎大人，還是不要這樣……」

畢竟她可能為了某件事情而一心一意吧。

這時候睡眼惺忪的芙拉托緹出現，剛才她貌似在房間睡覺。

「主人，剛才應該沒人的房間傳來乒乒乓乓的聲音，我想開門一探究竟，但是門上鎖了。究竟有什麼東西呢？」

好危險！差點就立刻曝光了！

諾索妮雅似乎也察覺這一點，事先鎖了門。好加在，好加在。

於是我說明諾索妮雅的事。芙拉托緹雖然生性隨便，但她會認真聽我的話。

「敬請放心，主人。我芙拉托緹對她沒什麼興趣，所以不會看她的房間。」

「說話的方式要再改一改。」

然後到了晚飯時間，因此我去敲諾索妮雅房間的門。

「總覺得房門的資訊量增加了呢……」

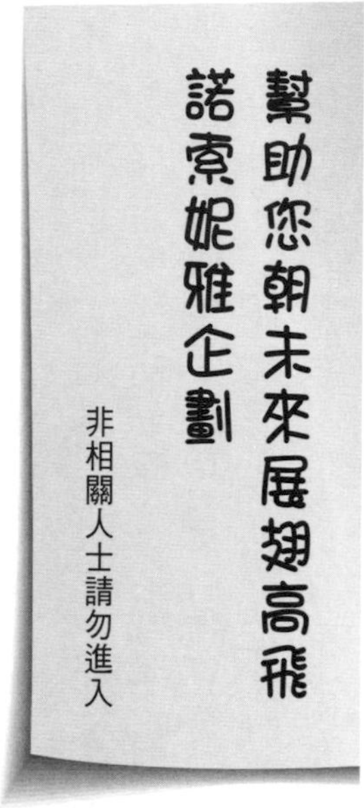

幫助您朝未來展翅高飛
諾索妮雅企劃
非相關人士請勿進入

門上貼著奇怪的告示。

好像租借混居大樓的其中一室是營業的公司。

她究竟在裡面做什麼啊。如果在房間裡做起生意，我可要收租金喔。

我敲了敲房門。

「嗨，晚餐差不多準備好囉～有空就出來吃吧～」

「等到停在恰當的段落就會去吃的～」

房間內傳來聲音。這段交流聽起來好像媽媽對正在打電動的孩子說「飯煮好了」呢……

「哎呀～剛才門差點被打開，嚇得我以為翅膀要脫落了呢～事先鎖門果然是對的～」

「噢，嗯，妳果然有長翅膀呢。」

「呃……這是諺語！沒錯，諺語！我只是普通的人類！平凡無奇的人類！」

我覺得她的行動力已經超越平凡人類了。

還有，既然她說等到恰當的段落為止，代表她果然在做什麼吧。

十分鐘後，諾索妮雅走出房間，同一時間哈爾卡拉正好從工廠回來。剛好讓她們自我介紹。

「——就是這樣，她正在旅行中，似乎要待一個星期左右。」

我直接告訴哈爾卡拉她本人的正式見解。

雖然肯定另有隱情，不過現在說出來不太公平。

「原來如此～我是哈爾卡拉製藥的社長，名叫哈爾卡拉。」

哈爾卡拉遞給諾索妮雅像是名片的卡片。這方面也太像日本了。

「啊，我是諾索妮雅企劃的代表人，名叫諾索妮雅。敬請多多指教！」

諾索妮雅小姐也遞出像名片的卡。

旅行者果然是騙人的吧……但是如果質問她，她多半也會隨口說出「只是法人化而已，個人基於興趣經營」這種藉口四兩撥千斤。

「那麼既然有了客人，就開一瓶好酒吧！」

哈爾卡拉一副要喝酒的模樣。她只是找藉口想喝而已吧……

不過一提到喝酒，諾索妮雅卻似乎推辭。

「不好意思，我只要吃蔬菜就可以了……」

這方面倒是相當謙虛呢。

「肚子會餓喔。還有只提供蔬菜沙拉的話，我會感到過意不去，所以正常飲食吧。」

「啊，我不是因為寄人籬下才推辭的……而是種族因素，飲食生活以植物為主——其實是開玩笑的。因為我正在巡禮途中，禁止吃肉，沒錯！是因為禁止吃肉！

這是巡禮之旅！基於宗教的原因！」

就算話說到一半想到好藉口，也不用再重複一遍！

「話說諾索妮雅小姐，妳的翅膀好漂亮呢～」

哈爾卡拉若無其事地稱讚翅膀。她應該沒什麼目的，而是純粹誇獎。

「沒有啦～因為我從不偷懶，一直好好保養啊——其實是隨口說說的……您能看見翅膀嗎？這是過世的曾曾曾祖母告訴我的遺言，我們家族似乎受到長翅膀的某人保護，靈感強烈的人才看得見呢。真是不可思議耶！哎呀～雖然我自己不太相信這種說法，哈哈哈哈哈～！」

拗得這麼硬還真是厲害！

「沒看到什麼守護靈附在妳身上啊。」

此時真正的幽靈羅莎莉指出這一點。

「奇怪？所以什麼守護靈是迷信囉～對呀～畢竟幽靈實在太可疑了嘛～哈哈哈哈……」

「但我就是幽靈耶……」

如此自掘墳墓的方式還真是新潮，所以我打算讓她繼續挖下去。她是說愈多愈自爆的人……

「您是幽靈嗎……不好意思……啊！就算是幽靈也請別偷看我的房間喔？真的，

這一點務必拜託！也不要說沒開門所以不算！」

「我可沒有腐敗到會偷窺別人的房間。雖然我能穿牆，但我一直都留意這一點。」

原來如此。反倒因為可以任意穿越，為了維護隱私而必須考慮穿越的場所呢……

幽靈也滿辛苦的……

「我腐敗的只有身體喔！」

這可能是幽靈笑話，但我不知道該不該笑。

「不好意思，羅莎莉小姐。我不是在懷疑您，但由於身世因素，總有一些事情不希望被他人發現。所以房間被偷看很麻煩，有可能對各位造成困擾……」

「哦，感覺好帥呢！」

雖然諾索妮雅說出很俠義的話，但她如果真的有一兩件事情隱瞞我，我可就不想讓她暫住囉……反正多半是胡謅的。

我拍了拍手。

「好了好了，吃飯吧。諾索妮雅能吃麵包嗎？」

「倒不是不能吃。」

畢竟難以想像蝴蝶大口吃肉的畫面。

「那如果麵包與蔬菜沙拉不夠的話，就再吃一份吧。」

「我知道了。啊，對了，還有一件事情想拜託各位。」

諾索妮雅提出貌似很重要的要求。

「可以讓我測量一下各位的體型嗎？」

「妳打算縫製衣服吧。」

全部說出來不是比較好嗎？我也覺得這樣比較輕鬆。

「不、不是的……是因為，我喜歡測量他人的體型……純粹只是這樣……」

硬拗的理由愈來愈說不通囉！興趣變得愈來愈小眾了耶！

附帶一提，測量哈爾卡拉的體型時，我有一點不爽。

「嘩～哈爾卡拉小姐，您的胸圍真是壯觀呢～」

「可能是吧，吃下肚的營養都跑到胸部去囉～」

難道沒有讓攝取的營養往胸部跑的魔法嗎？

飯後除了諾索妮雅以外，我們都直接喝茶。

並不是我們刻意冷落食客，而是她本人說有事情要在房間做而回去。強制她參加茶會也說不過去，因此我們讓她自由行動。

而且她如果在場的話，也很難提及她的話題呢。

「那一位究竟是什麼種族呢，又不是仙靈。」

哈爾卡拉喝著加了一點酒的茶，同時開口。

「果然不是仙靈呢。」

「嗯，精靈與仙靈的交流較為深入，使節團偶爾也會來到善枝侯國。」

她似乎十分了解仙靈。

「仙靈究竟居住在哪裡？我從來不記得有見過。」

我活了三百年從未見過，似乎也因為太少與人相遇。

雖然一部分原因是我很少離開高原之家的周圍。

「仙靈不僅體型不大，生活圈還很狹窄。只會聚集在特定的森林，而且還是限定的範圍內。所以必須準確地前往他們的聚落，否則幾乎見不到。」

「像是只在某座森林的這棵樹周圍而已嗎？」

酒意微醺的哈爾卡拉點頭同意。

「就是這種感覺。當成體型嬌小，生活範圍又狹窄的精靈就八九不離十。我們精靈絕大多數也群居生活呢，並非住在森林內的任何地方。」

這樣的說明很容易理解。日本似乎有大半國土是山林，但也不是所有的山都有林業相關人員。

「這麼說來，那位諾索妮雅究竟是什麼人物呢？」

話題必然來到這一點。我邊咬豆沙包「食用史萊姆」邊說。

「主人，過了一星期她就會告訴我們吧？那只要等待就好啦。」

芙拉托緹的反應真的毫無興趣呢……

「又不像是要較勁力量強弱的人，既然無害就隨她去吧。」

原來基準是比力量啊……

希望她能拓寬一點自己關心的事物。

食客來到家裡可不是那麼常有的事，雖然我也不希望來得太頻繁。

「既然她長著像是別西卜的翅膀，代表是相近的種族吧。」

芙拉托緹在奇怪的地方十分敏銳。

她雖然傻乎乎，但那是因為她不念書，亦即她的頭腦其實不壞。

「啊，對喔……那就是魔族……？」

最後勢必歸納到這個結論。

「可是她給人的印象就是來向亞梓莎大人報恩的，如果幫助過那種人，難道不會留下記憶嗎……？」

「嗯，萊卡妳說得沒錯……」

在我的記憶中，一直沒有遇見過魔族，而且別西卜才是第一個遇見的。或許會有偷偷跑來的魔族，可是幫助過那樣的女孩，應該不會忘記。

「不是我吹牛，畢竟我過了三百年幾乎沒有變化的生活。如果我照顧過倒在路上的人，應該會留下印象。」

真的不是我吹牛呢。

有句成語叫做晴耕雨讀，我的生活就像那種感覺。

如果放晴，就去採集藥草，或是狩獵史萊姆。

雨天則在房間內看魔法相關書籍，或者在附近狩獵史萊姆。

無論如何都會狩獵史萊姆，但我過著相當一成不變的生活。

這個世界的普通人經常問我會不會對這種生活感到厭煩，或是閒到快死掉等問題。如今連弗拉塔村的人也不再這樣質疑，但以前經常聽到。

從結論而言，一點都不會厭煩。

在人類平均一生的期間內，應該沒有人能在各種領域登峰造極。

絕大多數人連任何一種領域都沒有精通過。

在這層意義上，能做的事情堪稱無限。

區區幾百年根本算不了什麼。

何況如果光是長壽就閒到發慌，精靈、魔族和妖精豈不都得活在絕望的心情中嗎？當然沒有這回事。

「反正她看起來不像壞人，有什麼關係呢？放心吧，而且她也有規矩地交換名片的禮儀。」

哈爾卡拉表示。雖然當初覺得她應該不壞而讓她過夜，但哈爾卡拉說沒問題，我反而感到不安……

結果還是不知道諾索妮雅的真實身分，閒聊就此結束。
如果她是白鶴，應該會傳來嘰嘰嘎嘎的織布機聲音吧。

隔天。
諾索妮雅很自然地離開房間吃早餐。
「早安！因為腳還很痛，請讓我再待六個晚上！靜養六個晚上應該就會痊癒！」
「嗯，隨妳高興吧。」
儘管專心進行妳的工作吧。
「另外想請問一下，家裡還有其他人嗎？如果有的話，方不方便告訴我她們的身材？」
「那我去拿女兒的衣服來，這樣應該可以知道尺寸吧。」
——然後早上九點左右。
嘎嘎嘎嘎嘎嘎！鏘鏘鏘！叭叭叭叭叭叭！
從諾索妮雅的房間傳來巨大聲響！
「怎麼回事!?」
在家裡的人很自然聚集到房間門前，我也是其中一人。
芙拉托緹首先用力敲了敲房門。

「喂，很吵耶！怎麼發出像工廠一樣的聲音啊！」

「不好意思！幾天就會結束！敬請見諒！」

裡面傳來索妮雅回答的聲音。她不會真的在製造機器人之類吧……

這時候，我隱約聽到有人敲入口大門的聲音。

如果工作的巨響持續下去，或許我會漏聽吧。

——咚咚，咚咚。

咦？這次又是誰來了……？

不只是我，其他家人也愣在原地。

幾乎可以肯定諾索妮雅在製作某些東西。如果她發出這麼吵的噪音還能同時寫遊記，簡直就是超人呢。

不過還有人來訪，這種發展倒是出乎我的意料。

「不好意思！請問有人在家嗎？」

毫無疑問，有人來了。

我們幾人面面相覷。

「如果是和諾索妮雅一模一樣的人跑來要求借住房間，就很可怕了呢……」

萊卡說出可怕的假設。

「拜託，萊卡！我很怕鬼故事耶……將房間借給怪人就算了，不可以講鬼故事！」

可是又不能置之不理。

我戰戰兢兢來到入口。

只見一名魔族背著好幾個包裹。

對方頭上長著角，所以一目了然。

諾索妮雅該不會是逃犯，來者是來抓她的吧……如果她躲在房間裡製造武器，那可不是開玩笑的。

「這是寄給諾索妮雅小姐的包裹，是這裡沒錯吧？」

啊，對方是送快遞的。後面還停著一隻飛龍，所以沒錯。

「嗯……沒錯……」

「包裹很多，不過都很輕。可以放在入口嗎？」

「噢，好的。請吧……」

放下包裹後，貌似快遞業者的魔族隨即離去。原來人類土地也在送快遞的範圍啊。

附帶一提，包裹盒子上寫著這些字樣。

・布疋

・棉花

・鈕釦等

這下子知道她絕對在製作某些服飾類了！

我將行李放在諾索妮雅的房間門口。

「寄給妳的包裹來囉～」

「非常感謝您！因為包裹體積太大，才無法全部拿來呢～」

她開始忘記旅行者的身分設定了吧。

接下來的幾天內，一直從諾索妮雅的房間傳出算是噪音的聲音。

「怎麼樣？腳的傷勢逐漸痊癒了嗎？」

體貼的萊卡十分配合諾索妮雅的謊話。

「是的，幾乎快要完成了！這樣我就能報恩——哎呀～雖然已經復原了大半，不過感覺還有一點怪怪的呢～」

等說謊技巧熟練一點再來報恩不是比較好嗎……

◇

然後，終於到了約定的八天七夜。

一大早，諾桑妮雅露出格外舒坦的表情。

這是工作人的容貌，也可以說是專家。

「感謝您讓我住七個晚上。再過幾個小時，所有工作程序都會完畢！不會再發出噪音了，敬請放心吧！」

「嗯，腳再過幾個小時就會完全康復了呢。太好啦。」

「啊……對，沒錯！是腳，是腳！這樣就能繼續旅行了！」

到了中午，法露法、夏露夏與桑朵拉和別西卜一起回來。

法露法一馬當先，然後夏露夏略為慢一些。桑朵拉起先猶豫，但最後還是來到我身邊。我蹲下腰去擁抱三人。

這是母親的義務，也是特權。

「媽媽，過得還好嗎？」

「我正想問妳們呢。法露法妳們在魔族的土地上沒有不舒服吧？」

別西卜在後方回答「這話真是沒禮貌。小女子可是徹底疼愛了她們哪。」這對教育而言不太好吧。

「我有種回到故鄉的感覺，太好了。」

連桑朵拉都感到十分害羞而面紅耳赤。

「噢，對妳而言，別西卜的庭院就像老家一樣。」

「讓可愛的孩子出門旅行去，這是北方流傳的格言。」

夏露夏在說自己很可愛吧。反正她本來就很可愛，所以沒問題。

「嗯，夏露夏真是可愛。我愛妳們！」

我和孩子們順利久別重逢了！

可喜可賀，可喜可賀！

「——對了，亞梓莎。客人還在嗎？」

對了，差點忘了她呢。

「諾桑妮雅還在啊，似乎正好要回去了。」

「原來如此，看來終於可以得知她的真面目哪。」

諾桑妮雅的真相終於要揭曉了！

「不過老實說，那種客人的真面目其實無關緊要。」

「這種話就別說了！」

「反倒是疼愛女兒比較重要哪～哎呀～大家真是可愛～別說一星期，在小女子那邊待一百年都沒關係哪～」

這魔族的要求也太奢侈了。

別西卜十分溺愛女兒。如果法露法叫她做壞事，她可能真的會動手。不過法露法不可能這樣要求她，所以是杞人憂天。

在我們聊著的時候，諾索妮雅飛了過來。

她是真的藉由蝴蝶翅膀飛過來的。

「亞梓莎小姐，我完成囉～！」

「哦，又是十分罕見的魔族哪。」

從別西卜這句話，可以確定諾桑妮雅是魔族。

不過在那之前，先請她說明躲在房間裡做的事情吧。

「諾桑妮雅，妳究竟完成了什麼呢？」

「由於分量不少，方便請各位來房間一趟嗎？」

我們一進入諾桑妮雅的房間——

只見放著幾臺紡織用機器，以及完成的服飾類。

「亞梓莎小姐，以前感謝您救了我一命！這是最高級絲絹的長袍！兼具魔女風格與奢華感！」

「哦！謝謝妳！」

收到了完成度比想像中還高的禮物呢！

「之前雖然向各位保密，其實腳痛得不能動並不是真的。由於不知道身材尺寸就無法製作報恩用的禮物，所以才會住下來。」

「…………噢，嗯。我完全沒發現呢～」

我回答的語氣非常生硬。

「我還做了其他幾位的衣服喔！送孩子們的則是不論在山野跑多久都不會累的鞋子，以及外出用的禮服！」

女兒們對這份禮物露出期待的眼神。

「雖然不認識姊姊，不過謝謝您！」

「向您表達最高級的感謝之意，神祕旅行者。」

「……謝、謝謝，雖然我不認識妳。」

三個女兒真的不認識她呢。

接下來不只是衣服，還有羽絨被、十分吸水的毛巾等，諾桑妮雅送了我們各式各樣的禮物。

「哎呀～謝謝妳。收到這麼多真不好意思……」

「能達成報恩，我也很榮幸呢！」

對了，這個問題的答案還不得而知。

「我什麼時候幫助妳了嗎？」

在我的記憶中，完全不記得救過長著這種翅膀的人。

「咦？您忘記了嗎？是距今大約兩百三十年前的事情。」

「那麼久以前的事情，怎麼可能還記得呢。」

就好像叫平成年代的人想起江戶時代發生的事情一樣。

「可是您以前撿起了差點溺水的我……」

她露出有些失落的表情。

我反而想知道究竟是什麼時候。救過這麼有特徵的人物卻忘記，那可就嚴重了。

「山腳下的村子，叫做弗拉塔村吧。我的父母曾經隱藏身形，展開巡禮之旅。」

原來巡禮之旅的謊話並非毫無根據啊……

「但是，我當時的尺寸只有這樣而已。」

諾桑妮雅略為隔開拇指與食指，示意長度。

大約七公分左右吧？

「好小！是仙靈的尺寸！拜託……這種經歷我怎麼會忘記呢！照理說絕對會想起這種邂逅吧！」

「肯定是因為模樣與現在不一樣哪。」

別西卜不置可否地嘀咕。

身為魔族的她似乎已經掌握了真相。

「沒錯，沒錯。當時啊，這個~我有小時候的圖片——」

諾索妮雅取出素描本，應該是描繪服飾設計等圖片的本子吧。

「是這個！」

諾桑妮雅給我們看的圖是呈現綠色，扭來扭去的蝴蝶幼蟲。

「好誇張的前後對比！」

「她是爬行蟲吧。爬行蟲小時候與蝴蝶幼蟲沒有區別。然後會愈來愈大，體長成長至我們這種程度，最後變成蝴蝶的模樣哪。」

即使別西卜向我解釋，但我怎麼可能聽得懂……

所謂爬行蟲，應該是意為爬行者的巨大綠蟲。

「當時我的父母去買東西，將我放在葉片上。結果我失去平衡，從葉片掉進水窪內……」

原來去弗拉塔村會溺水這個虛構的故事，也表達了部分事實嗎？

「當時我以為我完蛋了。即使是水窪，對我而言就像大海一樣……不過當時路過的亞梓莎小姐利用摘下的葉片，將我從水窪中救出來！」

諾索妮雅有些淚眼汪汪地注視著我。

但我還是沒印象。畢竟特徵沒有明顯到足以讓我想起來……

「直到現在我依然忘不了當時的話。您說『即使是綠蟲我也不太想碰，所以用葉片吧……』」

我總覺得這句話滿傷人的，真的好嗎？

「多虧您出手相救，我在五十年前順利成熟。然後建立了服飾相關的個人事務所，也成功獨立創業，才會藉此機會前來報恩！」

「是嗎？雖然我完全不記得，但原來我做過這些事啊。」

當時可能湧現些許慈愛之心吧。如果她是帶刺的多足蟲，我大概會忽視。

「之後我便展開修行，學習以蜘蛛絲、絹絲或羽毛等各種纖維縫製最舒適的服飾。若能盡可能展現自己的成果，就是我的光榮！」

有句俗話說一寸蟲也有半寸魂（註8），想不到蟲子也會變得這麼大啊。

羅莎莉淚流滿面地說「真是感人的故事……」但對我而言，衝擊性不足以感動。畢竟我只覺得自己幫助了蟲子……

人生真是勿以善小而不為啊。

既然知道報恩的原委——

「機會難得，來舉辦宴會吧。現在距離晚上還有充分的時間。」

我迅速前往廚房。

「既然女兒們都回來了，諾桑妮雅也準備要回去吧。最後就好好慶祝一番。」

「咦！可以嗎？我已經覺得這樣就互不相欠，但這樣又欠您一份人情了！」

註8 日本諺語，意為再卑微也要有志氣。

原來她的感覺像好不容易還清借款啊……

「桑朵拉，能利用妳的直覺採集大量美味的蔬菜嗎？如果有優質花蜜的話也要喔。」

「交給我吧，我明白昆蟲最喜歡吃什麼。」

這種時候，桑朵拉十分可靠。

「畢竟我也看過許多被蟲啃得亂七八糟，處境十分悽慘的植物呢……」

竟然在這裡也有桑朵拉的天敵！

「哈哈哈～就算看見曼德拉草女孩，也只會想淺嘗即止啦～偶爾想咬個一兩口吧～純粹這樣而已。」

原來她有想過要吃啊。真是危險……

當初讓桑朵拉去別西卜那裡果然是對的。

之後，我們動作俐落地準備宴會——

「「乾杯！」」

大家彼此舉杯相碰。

諾索妮雅飲用以桑朵拉採集的花蜜製成的飲料。

「唔～！真是美味！搞定一項工作後的花蜜實在太棒了！」

既然是蝴蝶，所以喜歡花蜜。這一點很容易理解。

「欸，諾桑妮雅的種族在長大後，也可以稱呼為爬行蟲嗎？」

爬行蟲的字面有爬行者的意思，但變成蝴蝶外表後絕對不會爬行吧。

「是的。慢吞吞移動時的衝擊性似乎很大，所以一直被這樣稱呼。另外雖然有翅膀，但是飛在空中會疲勞，所以幾乎都以徒步移動。」

原來如此……比起鳥類，蝴蝶的移動範圍有限嗎……

「不過以那麼小的孩提時代名稱稱呼，還是怪怪的。而且原來小時候是普通蝴蝶幼蟲的尺寸呢。」

「嗯，因為很快就會長大。我在溺水獲救的兩年後，體長也長到兩公尺左右。」

「好大！這樣很顯眼耶！」

「由於移動也不太方便，幾乎都在家裡待著。其他爬行蟲似乎都這樣，應該也不會出門前往魔族城鎮。」

變得這麼大隻，父母也無法帶諾索妮雅出門旅行吧。我似乎真的是偶然碰到她的，真是千里緣分一線牽呢。

宴會途中，不知為何感受到萊卡熱切的眼神。

「嗯？萊卡，怎麼了？」

「原來亞梓莎大人從兩百多年前，就已經擁有慈愛精神了呢。吾人再次感受到必須向您學習！」

「沒有啦！妳太抬舉我了！真的只是舉手之勞而已！」

活得久了，當然也會拯救過蟲子啊。

「但是救過她一命是真的吧。坦率地自豪也不錯啊。」

別西卜也大口吃著料理。

她的個性本來就不太顧忌，立場堪比家人。

「說得也對。」

其實我絲毫沒有自豪的打算，但既然與自己有關，坦率地對這種相遇感到開心也無妨。

夏露夏與桑朵拉來到索妮雅身邊，不斷提出問題。

希望孩子們也珍惜這一次相遇。

「希望能透露爬行蟲過著什麼樣的生活。」

「爬行蟲喜歡什麼樣的草？為了自我防衛，也想聽聽昆蟲的意見。」

「我們白天起床晚上睡覺。至於草啊，幾乎是來者不拒。」

回答的資訊量還真少……

不過諾索妮雅的表情依舊前所未有地燦爛。看來可能不需要再隱瞞，所以態度特別大方吧。

收到衣服做為禮物也很開心，不過最大的收穫是能有這種全新的邂逅。
「諾索妮雅，已經晚上了，再過一夜如何？」
「非常感謝您。不過我畢竟還經營公司，必須早點回去處理累積的工作才行。」
啊，原來她已經成為可以獨當一面的社會人士了。
幫助過的小孩成為優秀的大人回來探望。如此心想，我也坦率地感到開心。
「我明白喔。經營公司很辛苦呢～」
這時候身為社長的哈爾卡拉加入話題。
「對啊，很多地方需要操心呢～」
都是經營者，看來十分談得來。

然後過了一個小時。
「唔，好難受……明明不能喝，卻還是不知不覺喝了酒……」
「諾桑妮雅小姐也是嗎……我也喝得太醉了……」
諾桑妮雅與哈爾卡拉都臉色發青，一同醉倒。
「當社長果然在這方面相當辛苦呢，哈爾卡拉小姐……」
「對啊，諾索妮雅小姐……」
這絕對與當社長毫無關係。

「噢，亞梓莎小姐，亞梓莎小姐……」

諾索妮雅搖搖晃晃地伸出手呼喊。

「不好意思，今晚看來走不了了，請讓我再住一晚……」

「沒問題，慢慢來吧……」

隔天早上，諾索妮雅才急忙回去。

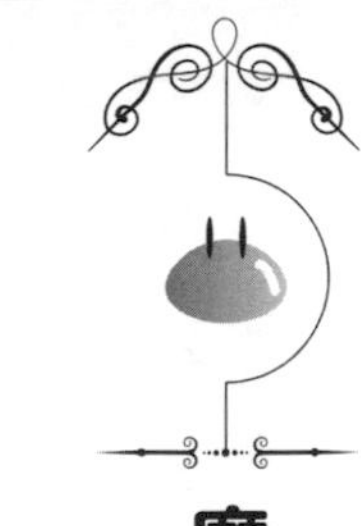

魔族開始直播

這一天，別西卜來到高原之家。

其實她前來拜訪是家常便飯，不值得大書特書。

不過這時候的別西卜有些坐立不安。應該說，感覺她是來告知麻煩事情的。

「有件事情告訴妳比較好，所以小女子才會親自跑來。」

「雖然覺得不該主動用親自這兩個字，不過妳是大臣，應該無妨。」

不如說她這個大臣也太會奔波了吧。

「所以有什麼事情想通知我？我猜有四成與佩克菈有關。」

別西卜點了點頭。

「嗯，與魔王大人有關是對的……」

佩克菈又有什麼企圖了嗎？

不過目前只知道原因在於佩克菈。她可能會做出影響我們的事情，不知道這一點就無法放心。

She continued destroy slime for 300 years

「總之啊~可以先幫小女子泡杯茶嗎?邊喝邊聊吧。」
「……妳的態度有點跩喔。」
沒辦法,我去幫她泡吧。在(像是)無人島採集到的香草可以泡出不錯的茶。
泡好之後,到餐廳打開話匣子。
「嗯,這股獨特的苦味能讓頭腦清醒哪。雖然不適合大口暢飲,但是偶爾來一杯也不錯。」
「難得幫妳泡茶了,就坦率地稱讚嘛……話說佩克菈又想動什麼歪腦筋?偶像全國巡迴表演之類?」
佩克菈一直不定期舉辦偶像活動。
理論上一開始顯然是惡作劇,但不知不覺中粉絲變多,她似乎也開始認真。本來想當哏結果卻變成玩真的,這種事情經常發生。
畢竟她是魔王,在魔族世界怎麼活動無所謂。但如果要擴大到人類世界,或許會變得很麻煩。
「很接近。真可惜,但是猜錯了哪。」
這個答案很接近很可惜嗎……那果然可以確定不是什麼好事……
「又要使用沙沙.沙沙王國那些惡靈們的魔法技術了哪。」
「哇,終於連佩克菈本人都打算濫用了嗎……」

雖然不知道要怎麼運用，但是會利用是肯定的……會讓其他魔族嘗試，也是為了觀察動靜吧。

比方說朋德莉利用古代魔法，設計了類似遊戲中心的店鋪。

這個世界的悠哉之處，就是不會演變成製造新型武器之類……和平就是最好的……

「魔王大人從古代魔法中發現了非常感興趣的種類……預料可能會運用在惡作劇……不，遊玩的方面上。」

剛才妳完全說出了「惡作劇」這三個字吧。

「畢竟算是機密，小女子無法具體描述。不過總有一天會發生魔王大人彷彿在又不在的現象。屆時可別太驚慌哪。」

「妳說得模稜兩可，我反而感到不痛快耶……」

拜託說清楚一點嘛，反正真相總有一天會大白。

「反正並非有害的魔法，希望妳能放心。還有這是魔王大人的獨斷獨行，小女子完全沒有責任，所以別向小女子抱怨啊。有意見直接去告訴魔王大人。就這樣。」

原來別西卜是為了明哲保身才來的啊……

明明對佩克菈的行徑含糊其辭，卻清楚表明責任不在她呢。

「還有，女兒們在哪裡哪。」

結果這也是目的啊。

「應該在附近的原野上奔跑吧？之前法露法背著桑朵拉跑。」

「是嗎，那麼小女子也去找女兒們吧。」

話音剛落地，別西卜隨即起身，走出高原之家。她還真是性急。

還有，香草茶還剩下大約七成……

「這麼不合她的口味嗎……」

我都已經款待她了，她也應該多表態一下，以示回應吧。

附帶一提，別西卜找到女兒們後，似乎在山野到處奔馳。我是後來聽法露法說的。

「別西卜小姐，陪法露法玩了好多遊戲喔～♪」

「是嗎，是嗎，那真是太好了呢～」

反正她也不會做出對女兒有不良影響的行徑，應該沒什麼問題。

「還有，她提到利用古代魔法的新嘗試。」

夏露夏說出某些重要的證詞。

「咦？可是她沒說過具體內容吧？」

「她提到要善用幻影。說是古代魔法曾經運用幻影在通訊方面，利用沙沙・沙沙王國留下來的遺物，就有可能重現。」

她對女兒還真是毫不保留耶！

「雖然別西卜說接下來的部分不能透露。但是法露法央求她『說嘛，說嘛！』她就輕易開了口。」

桑朵拉向我說明情況。她也太溺愛女兒了吧。

不過運用幻影在通訊方面，究竟是什麼意思？

關於這一點，果然在佩克菈搞怪之前，還是不明白呢。

「她說啊～好像準備運用在『植缽』這方面喔～♪」

植缽？

該不會是直播吧？

不會吧，奇幻世界怎麼會有直播……好像也不見得完全不可能……

畢竟之前都做出了夾娃娃機……不管再出現什麼我都不會驚訝了。

總之……等佩克菈採取行動之前，只能等待了吧……

◇

再怎麼說也不至於在別西卜跑來提醒後，佩克菈就立刻發揮「惡作劇」，因此暫時過著平穩的日常生活。

「嗯，萊卡，妳的肉是不是比較大塊？」

「沒有這回事。吾人是以正確的分量測量後才切的。」

頂多只有萊卡與芙拉托緹為了吃飯時的肉塊大小爭吵，沒有什麼不尋常，十分和平。

「亞梓莎，這是之前妖精舉辦旅行的伴手禮喔～是戴上去會變成有趣模樣的面具。」

「悠芙芙媽媽真是缺乏買伴手禮的眼光呢……」

值得一提的，頂多只有悠芙芙媽媽帶伴手禮前來。

不久之前才發生與這個世界的神明決戰的超級不尋常體驗，所以現在才有如維持平衡般，日子十分悠哉吧。

不過這種極為平凡的日子裡，突然起了變化。

泡澡暖和身體後的我，進入自己房間。

「呼，好舒服的熱水呢～」

接下來就準備就寢了，稍微看幾本書再睡吧。

——這時候，面向床鋪的牆壁顯示出類似長方形影像的東西。

「怎麼、怎麼了？感覺好像以家用放映機看電影一樣呢……」

附帶一提，影像顯示著某間房間。既然有布偶，應該是女孩子的房間吧。是顯示幻影的魔法嗎？

然後有東西進入畫面顯示的區域。

是某人的臉部特寫。

「嗯，有拍到吧。好，看起來ＯＫ。」

還聽得到聲音。

對方的臉部略為後退，因此可以看清長相。

「這是佩克菈耶！」

『哈囉，各位好～！我是魔王普羅瓦托・佩克菈・埃莉耶思～！這一次要開始直播喔～！敬請各位多多指教！』

畫面中佩克菈站起身，揮了揮手。

「原來直播是這個意思喔！」

好像某某 tuber 一樣……

『或許有人會被嚇到呢～這是利用某種魔法，讓各位看見幻影喔～很厲害吧～其中有一些企業機密喔～』

又在奇怪的地方使用古代魔法……

© Benio

『話說啊，我佩克菈不是魔王嗎？所謂魔王，就是高高在上呢。高高在上就無法見到各位囉。可是我覺得，就是因為高高在上才需要與各位多多溝通，就是具備平民視角的政治呢。』

她說得有模有樣。

『不過平民視角的政治啊，幾乎都會變成暴民政治呢。』

「感覺這句失言有點嚴重，真的好嗎……」

反正又沒有魔族能推翻佩克菈……

『所以說，想從今天開始讓各位聽聽魔王佩克菈本人的聲音！如果覺得不錯，歡迎多多推薦給其他人喔！希望訂閱頻道的人數增加！』

還訂閱頻道的人……真的是某某 tuber 耶……

不過這時候，我發現一件事。

我根本沒有點選播放影片。

因為沒有電腦也沒有手機，想點選也沒得點。

換句話說，這是強制在房間內出現幻影。

「這該怎麼停止或關掉啊……？」

還有不管怎麼樣，音量太大聲了！震耳欲聾耶！

「聲音小聲一點！我這邊無法降低音量或開靜音，很難受耶！」

影像是另一端透過魔法播放，想關都關不掉。

『啊，音量可能有點大喔～』

直播者似乎也發現了。

『反正時間不長，請各位忍耐一下囉～』

「要觀眾忍耐喔！」

音量調小聲一點！體諒一下觀眾嘛！這樣增加不了訂閱人數喔！

『好～今天我想嘗試很久以前的直播者挑戰過的主題。首先——』

直播者跟著從畫面離開。

畫面略為移動，面前出現一個碗。

『——我想吃吃看超辣料理～！』

魔王還真是奮不顧身呢……這一點值得尊敬……

『這道料理在辛辣味偏多的魔族料理中，也是相當重口味呢。連店家都要求顧客在吃之前，先簽下店家不保證生命安全的切結書呢。』

「店家可以提供這種料理嗎……？」

『哦，放在後方的娃娃開始腐蝕了呢！這也是受到料理的影響嗎？』

「已經不是辣不辣這種層次的現象了吧！」

『好，我要吃囉！哇，比起辛辣……還真難吃呢……難吃到噁心……弱小的魔族吃了，可能會因為太難吃而暈倒……』

既然是難吃的料理，那乾脆毀滅算了……

『如果要勉強形容味道告訴各位的話，就像水溝水和沼澤水調在一起，加上砂礫後攪拌呢……』

「全部都是不能吃的東西，聽不懂。」

『哇，這也太慘了……真的太糟了……到底是怎麼煮出這樣的味道呢……？實在太難吃了，連辣味都不在乎了呢。以這層意義來看，還算滿容易入口的。』

「偏離主題了吧！題目不是吃難吃的食物耶！」

『好，由於太難吃了，所以不吃啦。大家也要小心一點～好孩子可不能模仿喔～』

壞孩子應該也不會模仿吧。

『嗯，第一次直播就像這樣，到此結束！想訂閱頻道的觀眾，請向最近的公所提出申請喔～』

居然還要去公所申請！

『這次直播使用的是各位魔族繳納的稅金喔～♪』

到底是想增加訂閱人數還是引發眾怒，選一個行不行！

總覺得佩克菈與古代文明，絕對不該組合在一起的兩者融合了……

不過佩克菈開始直播倒是小事。

目前我最在意的是——

「這要怎麼解除訂閱啊？」

我絕對不會訂閱。

『另外，剛才看過第一集影像播放的觀眾沒有辦法解除訂閱，敬請見諒♪』

「這能見諒嗎！」

哪有強制收看的直播啊！

『那就拜拜囉～我是肚子空空，內心空空的普羅瓦托・佩克菈・埃莉耶思～！』

內心空空，我怎麼聽起來好像內心貧瘠，個性很差的人？

這時候影像中斷。

她的確開始搞出擾人的花招了……

難怪別西卜會事先跑來通知……

◇

隔天早上一問家人，發現大家都看到了佩克菈的直播。

「幻影突然出現，吾人隨即提高警覺，但絲毫沒有殺氣。之後吾人便放輕鬆觀賞。」

「這樣的反應很有萊卡的風格呢。」

龍族都活在戰鬥的世界中。

「幻影出現的瞬間，芙拉托緹差點要朝周圍吐出寒冷吐息，凍住使用幻影的傢伙。不過出現的面孔是熟人，所以才克制。」

「差一點就要破壞房子了呢……」

基本上龍族大多血氣方剛。

看來高原之家的所有房間都放映過直播。還真是添麻煩……

三天後的晚上，直播又開始了。

『晚安～！我是肚子空空，內心空空的普羅瓦托・佩克菈・埃莉耶思～！今晚是第二次直播喔～！』

這句話聽起來像廣告標語，難道她想定型嗎？

『這一次同樣想挑戰古代直播中的常見節目喔！就是畫圖直播！』

古代文明怎麼做過這麼奇怪的事情啊……

『各位看，這裡有一張紙，還有顏料與筆。接下來我要開始畫囉！』

之後一直播著佩克菈畫畫的影像。她畫得比我想像中更好，難道繪畫也是魔王被迫要學習的項目之一嗎？

姑且不論這件事——問題在於好久。

繪畫畢竟不是一時三刻能結束的事情，因此直播一直無法結束。

「若是職業畫家的直播還有看的價值，外行人的畫豈不是沒差嗎……？」

我試著關掉房間的燈，但影像始終發出亮光，十分顯眼。就像在黑漆漆的房間內只開著電視……

『這裡就刻意使用綠色吧~有何不可，有何不可呢~』

佩克菈偶爾還會說話，導致我睡不著！

好煩人的直播！

『聲音可能會比較大，請各位觀眾忍耐喔~』

沒錯，音量和上次一樣吵！至少調整一下嘛！

「實在無法好好睡覺……乾脆去餐廳喝杯酒吧……」

不知道直播什麼時候會結束，於是我前往餐廳。

——結果該處也播映相同的影像！

「房子各處都在直播！」

在我困惑之際，法露法與夏露夏跟著前來。

「哎呀，這裡也在播呢。」

「聲音一直擾人而睡不著……」

哇，連女兒們都成了受災戶。拜託別再鬧了好嗎……

『感覺我畫得還不錯吧～？怎麼樣呢～♪』

直播中的佩克菈露出得意的表情，看得我一肚子火。

「別管那麼多了，讓我們睡覺吧！」

『哦，收看人數突破一萬人了呢。非常感謝各位！』

原來多達一萬人想看這種東西喔。

『如此一來，以魔法大幅增加可收看直播的場所就有價值啦！今後也請多多指教～！』

「居然還強制增加！」

比想像中還要亂來……在我的上輩子，應該全世界都有不少某某tuber，但是沒有任何人會強迫別人訂閱頻道吧。應該說這已經等於駭進別人的電腦了……

『那麼紀念突破一萬名收看人數，就進行很久以前的直播似乎流行過的哏喔～』

多半是「試唱」之類吧。

『好的，那我要「試睡」囉～』

然後佩克菈直接鑽進畫面後方的床鋪。

『那就晚安囉～直播會持續到早上～♪』

就這樣進入夢鄉。

畫面僅播放著佩克菈睡覺的影像。

「古代文明人這樣做，究竟哪裡有趣了……？」

又不是飼養魚的觀察紀錄……啊，不過好像也有完全只播放水槽影像的現場直播，或許需求比想像中還要多吧。

「媽媽，安靜下來了呢～」

「這種功能，或許可以使用在觀察蚱蜢的生態。夏露夏也想引進。」

夏露夏似乎與我抱持相同的想法，總覺得這才是這種魔法最有益的使用方式。

「既然直播者也睡著了，趁現在快睡吧。」

我們跟著回到自己的房間就寢。

早上醒來後，直播也關閉了。

不知道有多少人看到最後呢。

照這樣看來，影片直播可能在初期階段就會被迫中止。

不如說魔族趕快中止節目吧。

可是，不知道是否吸收了來自觀眾的抱怨之類，接下來的影片直播有戲劇性的進化。

『各位觀眾～現在各位收看的幻影右上角，有像是兩個四方形重疊的按鈕吧。按下去之後，這個畫面就會最小化喔！我有可能太可愛，讓各位觀眾難以直視，屆時就請使用這種功能吧！』

雖然覺得太可愛而難以直視的理由太扯，但不再強迫別人非看影片不可，這功能倒是很實惠。

我試著按下按鈕，畫面頓時縮得像果醬瓶一樣小。

哦，這樣就幾乎不會注意到了。雖然還聽得見聲音！

『再按一次，我就會回到大畫面喔～大家可以按按看～』

既然她這麼說，按下去就是人之常情。於是畫面又恢復原本的尺寸。

『接下來，考慮到各位觀眾有可能難以聆聽我那太可愛的聲音喔～這時候就按右下角像鈴鐺一樣的按鈕吧，如此聲音就聽不見了。再按一次就會復原囉～』

換句話說，配備了實質上關閉畫面與靜音的功能！

「哦！只要使用這兩者功能，煩人的直播就再也不會擾人了！」

原本問題多多的影片直播都大幅獲得改善。

『另外還設計只要觸碰位於幻影旁的小畫面，就可以收看以前直播的影像～想反覆回顧喜歡的直播，或是想仔細看之前錯過的直播時可以利用喔～』

一開始漏洞百出的影片直播，竟然急速變得完善……

播映內容雖然還有許多問題，系統倒是變得十分完整。

網路社會的進步果然一日千里呢。

啊……這不是網路社會，真要說的話是魔法社會。

◇

佩克菈的直播似乎擴展到出乎意料的地方。

我去弗拉塔村的公會將史萊姆的魔法石換成錢時，娜塔莉小姐問我。

「高原魔女大人，您知道嗎？目前魔法直播很火紅喔！」

「魔法直播……就是魔王讓人收看幻影的節目吧……？」

「啊，魔女大人您果然知道嗎～在冒險家之間似乎引發熱潮，已經有相當多冒險家在收看魔法直播了喔！」

想不到魔王的直播會在冒險家之間流行！

「附帶一提，大家是以什麼樣的感覺收看的……？」

雖然我知道他們在看什麼，但冒險家們究竟是怎麼享受的，我還是不太清楚。

「據說起先有位賢者聽到這種奇怪的幻影後，運用了許多道具，嘗試可以收看幻影的方法。然後他發現了可以看見幻影的方法。記得他使用了『收看』這個詞呢。」

這位賢者在奇怪的地方太過認真了吧。

「這位賢者透過組合道具與一部分魔法，建構出較為容易收看幻影的環境。然後還告知其他隊伍與賢者等人。不獨占知識這一點，真是一位偉大的賢者呢～」

真的假的……這位賢者好像在傳教呢……

「起先其他冒險家紛紛表示『這什麼啊』『簡直莫名其妙』。但直播卻有神祕成癮性，著迷的人愈來愈多，訂閱頻道的人數也不斷增加。」

以奇幻世界而言，這原本就有點怪異，但是由於古代文明的影響而更加奇怪……

「到了最近，稱為魔法直播的節目似乎已經普及化。在酒吧與冒險家彼此聊天，首先都會聊起這個話題。」

冒險家就該冒險去吧。

「還有，在酒吧這種同業者聚集之處收看魔法直播，其他隊伍不是也會看到嗎？所以才會在冒險家之間迅速擴散。」

「原來如此……這一點我明白了。」

所謂酒吧，就是冒險家交換資訊的場合。

如果有人喜歡看神祕幻影，就會聊起這究竟是什麼。

附帶一提，我最近幾乎沒收看佩克菈的魔法直播（既然形成了用語，就如此稱呼吧）。雖然不是完全沒在看，但只要有空時一起收看就行了。

「最近熱門話題似乎是喜歡哪位直播者。」

「咦？有這麼多直播者嗎？」

我家只有播映佩克菈的直播而已。

「是的。一開始只有魔王，不過最近有位叫朋德莉的人直播玩遊戲，叫瓦妮雅的人則直播簡單短時間料理等節目而十分受歡迎。還有叫法托菈的人不斷地描述苔癬有多好，愛好者也增加了呢。」

大家也玩得太過頭了吧！

「宛如魔法直播的戰國時代也不為過呢，因為直播者與人氣都加速度地增長。這也是魔王持續不懈的關係呢。有魔王才讓魔法直播遍地開花。」

「嗯，我可以理解妳的意思，可是內心不知為何難以接受……」

凡事都是第一個嘗試的人特別辛苦。

而我認為，開拓魔法直播這個領域的佩克菈相當了不起。我是真的這麼認為。

不過我也覺得，這真的可以在異世界流行嗎……

「請問一下，娜塔莉小姐妳喜歡哪一位魔法直播者呢？」

「這個呢～目前收看最多的，應該是吟遊詩人庫庫吧。」

原來連庫庫也參加了啊！

要播放多首音樂的時候，這可能的確是不錯的媒體！

「那麼魔女大人，要在這裡收看嗎？目前工會也沒有客人，反正會上門的都是熟面孔，沒問題的。」

話說回來，娜塔莉小姐是怎麼收看影片直播的啊？

這一點倒是很自然產生興趣。娜塔莉小姐應該不具備魔法的資質。

「嗯～那可以拜託妳嗎？」

「好喔。那我去拿器材過來。」

然後娜塔莉小姐搬來一個巨大的木箱。

尺寸正好可以讓大人塞進去，放在家裡的話應該相當礙事。

「這是用來收看魔法直播的機器。」

說著，娜塔莉小姐打開箱蓋。

裡面設置了幾件不明就裡的道具，像是散發奇怪光輝的石頭啦，護符啦，好像道具店老闆的庫存一樣。

「這裡面有一顆黑色石頭。將賢者用來鑑定道具是否含有魔力的液體——」

接下來娜塔莉小姐取出貌似裝了藥水的瓶子。

根據說明，這似乎原本是正經用途的道具。

「——滴幾滴在上頭，黑色石頭就會顯示魔力反應而發光。」

一如所述，石頭散發出微弱光芒。

幾乎同時，其他道具也跟著發光。

「其他器材也會跟著反應，就能收看魔法直播了。」

公會的牆壁上隨即顯示橫長方形的畫面！

畫面中央還顯示「歡迎」的字樣！

「哇！已經演變成這樣了啊！」

「這麼一來，即使完全不會魔法的人類也可以輕鬆收看魔法直播了。」

「另外問一下，這套設備要多少錢啊？」

娜塔莉小姐的表情略微陰沉。

「這個……其實還不便宜……要、要一百二十萬戈爾德……目前正在分期付款……」

看來娜塔莉小姐下了相當大的決心呢！

算了，無妨……在意他人的財政問題也太不識趣了……

還是觀察這臺像電腦的裝置怎麼運作吧。

畫面的「歡迎」字樣消失後，跟著顯示輸入密碼的畫面。

「在這裡輸入使用者的密碼。」

「啊，這個畫面不可以看吧……不過要怎麼輸入呢？」

這裡應該不存在類似鍵盤的物品。

「是直接以手指在黑色石頭上劃。1、2、3、4，好，輸入完畢！」

「娜塔莉小姐，應該設定比較難理解的密碼才對吧！」
密碼太簡單就失去意義了！
接著出現一大排像是直播者清單的畫面。
「由於我沒有魔力，無法觸碰幻影操縱，所以要利用——」
接著娜塔莉小姐拿出來的，是一片附有十字形與兩個小圓形按鍵的薄板。
「——這臺機器中的控制盤。」
我上輩子有見過這玩意……這個……好像叫紅什麼機的……京都一間任什麼堂的公司開發的玩意……很類似那東西的控制器……
「按下控制盤的十字鍵，就能選擇項目。然後利用右按鍵與左按鍵決定。」
緊接著，畫面顯示出不同的內容。

吟遊詩人庫庫的魔法直播

【新曲】弄丟鑰匙所以進不了家【彈唱演奏】

最新影片　兩天前更新　觀看次數　大約七萬

決定舉辦巡迴演唱！

「這樣就移動到吟遊詩人庫庫的畫面了。接下來選擇想看的幻影，那就選最新影片吧。」

跟著出現拿著魯特琴的庫庫影像。

『大家好，我是菈米娜族的吟遊詩人庫庫。前幾天去購物時弄丟鑰匙，結果不知所措。』

一開頭就是陰暗的話題，很有庫庫的風格。

『雖然請鎖匠幫忙打造鑰匙，但是沒有證明自己是住戶的文件，因此沒得到鎖匠的信任。似乎因為有小偷要求打造鑰匙的案例，所以需要確認本人身分。』

噢，弄丟鑰匙的確很麻煩呢……事先最好打造備用鑰匙。

『幸好靠鄰居能言善道，終於說服鎖匠幫忙。這段期間我感到不安，開始懷疑自己是否真的是庫庫。因為憑我一人根本無法證明自己是庫庫。』

真是沉重啊。聽著聽著都覺得消沉了……

『於是我將這股心情唱成歌，請各位聽聽看。〈弄丟鑰匙所以進不了家〉。』

然後她開始彈唱。

弄丟鑰匙所以進不了家

作詞・作曲　庫庫

我的口袋就像我的心一樣淺
從以前就經常弄丟東西

但我依然會將東西放進口袋
是因為口袋像我而產生留戀嗎

出門購物，買了喜歡的蘋果，走在回家的路上
不經意一掏口袋卻少了平時的觸感
我停下腳步　呆呆站著

沒有鑰匙　進不了家門
沒有鑰匙　進不了家門
我到底該回哪裡去才好
沒有鑰匙　進不了家門

沒有鑰匙　進不了家門
感覺手上的蘋果特別沉重

果然是一首讓人聽了心情鬱悶的民謠。

雖然這種曲名搭配「全世界我最愛的就是你」這種內容，聽起來也很奇怪。

不久演奏結束。

『好的，以上就是新曲〈弄丟鑰匙所以進不了家〉。雖然多達三首，不過聽眾可能會情緒低落，所以今天就到此為止。第二首歌的內容是鎖匠露出狐疑的眼神盯著我，懷疑我是否真的是菈米娜族的庫庫本人。』

光聽她的說明就知道曲風很陰暗！

『各位要小心別弄丟鑰匙了喔。啊，對了！再度確定要辦演唱會了喔。』

畫面下方顯示「東佛寇爾大聖殿　10月3日　米爾菲歌劇院　10月6日」等字樣。什麼什麼大聖殿的，應該是會場的名稱吧。

不知不覺中，連（類似）反射式字幕都能顯示了啊。

『該說還是想讓各位現場觀賞嗎，吟遊詩人就是應該現場觀賞才對。透過此魔法直播認識庫庫的聽眾，敬請大駕光臨會場。非常感謝各位，我是吟遊詩人庫庫！那麼下一次再會，敬請指教～』

庫庫揮了揮手，幻影隨之結束。

「——就像這樣，可以觀賞魔法直播的幻影。真的只能以劃時代的系統稱讚呢。」

娜塔莉小姐露出得意的表情。

畢竟她已經付了一百二十萬，就讓她盡情露出得意的表情吧。

「劃時代這一點倒是不得不承認……想不到人類也掀起了技術革新呢，真了不起……」

想看魔法直播這種強烈的心情，催生出類似組合人工製品的機器。

我再一次感受到，人類的欲望會成為強烈的原動力。

另外這麼一來，知道庫庫的人變多，願意前往會場的話，應該是非常合適的宣傳媒體。總覺得魔法直播與庫庫的音樂活動順利連結在一起。

「這位名叫庫庫的吟遊詩人似乎只在魔族的土地舉辦巡迴演奏，所以沒辦法去觀賞。」

那麼即使在人類世界能收看，也沒什麼意義呢……

「首先開始直播的人自稱魔王，所以這類似在魔族土地上進行的文化吧。總覺得那一位好像也偶爾會前來弗拉塔村。」

「嗯，有可能……」

娜塔莉小姐似乎不知道佩克菈是真正的魔王。

很難想像那麼隨便的人物是魔王吧，會以為她在塑造形象。

「人類世界目前尚未出現具備魔法技術，能直播幻影的人，因此沒有人能實現直播。目前收看已經是極限了。」

人類這邊雖然能營造觀賞的環境，卻還無法充當發訊方。

沙沙．沙沙王國的技術力果然驚人，光靠魔族的魔法力量也辦不到吧。

「另外除了庫庫小姐以外，最近還有急速成為焦點的魔法直播者喔。機會難得，也請魔女大人觀賞吧！」

看來她會告訴我許多推薦的頻道……

不過我又不趕時間，其實無妨，就盡量陪陪她。

「沒問題，請吧。接下來是誰呢。」

「在魔法直播行業中，是人稱媽媽的對象。」

媽媽？

聽到這個形容詞，我的腦海中頓時浮現某位妖精……

「叫做水滴妖精悠芙芙小姐。由於她自稱妖精，應該不是魔族吧。反正全部都是自稱，究竟有多少真實性是個謎。」

真的是悠芙芙媽媽！

娜塔莉小姐透過控制盤，選擇水滴妖精悠芙芙。

還真的有耶……

水滴妖精悠芙芙的魔法直播

閒聊直播

最新影片　四天前更新　觀看人數　大約十一萬

我是水滴的妖精，
多多指教囉～
最喜歡潮溼的地方！
不過要小心食物中毒喔。
呵呵，呵呵呵。

毫無疑問是本人……

「這位直播者最近急速凝聚了核心粉絲。其實她是最近才開始魔法直播的人，這也是理所當然的。」

原來直播技術也普及到妖精了嗎？

「那就看看吧。」

娜塔莉選擇悠芙芙媽媽的幻影，按下確定。

畫面顯示悠芙芙媽媽的家中。我去過好幾次，所以知道。

原來她在家中直播啊。

不使用像是專用攝影棚的地方，或許很有某某 tuber 的感覺。

只見悠芙芙媽媽從一旁進入畫面。

『哈囉～各位觀眾好呀～我是水滴精靈悠芙芙～也可以稱呼我為媽媽喔～大家都好嗎～？』

果然連幻影都有媽媽的氣息，有無法完全隱藏的包容力！

而且有一些部分與剛才庫庫的幻影不太一樣。

顯示媽媽的幻影右側，出現了像是留言欄的部分。

仔細一瞧，上頭寫著「妳好」、「好久不見」、「好想見到媽媽！」或是「想誕生為媽媽的孩子」之類。

最後一條留言的人，性癖相當複雜扭曲，最好小心一點。

『哦～謝謝大家的留言～媽媽今天也會加油喔～』

悠芙芙媽媽揮揮手。

「右方的文字似乎是觀賞影像的人及時輸入的。聽說魔族那邊已經備有可讓觀眾輸入文字的功能了。」

「原來魔族也大幅革新了技術啊……」

該不會已經進入相當接近電腦的層次了吧。

『這一次呀～是閒談直播喔，雖然每一次的節目都類似閒談呢。今天想聊聊關於我的女兒喔～啊，謝謝那些說我的年紀看起來不像有女兒的觀眾。不過我是妖精，所以已經活很久囉～』

女兒？我有非常不好的預感……

『雖說是女兒，不過沒有血緣關係呢。我有個三百歲左右的女兒，目前在當魔女喔～』

這絕對是在說我！

留言欄裡顯示「連女兒都三百歲喔」、「三百歲而且沒有血緣關係……這家庭也太複雜了」之類的留言。

『這孩子啊，非常、非常可～愛喔～雖然她自認為是不折不扣的大人，不過還是有點太嫩了呢～還經常被捲入麻煩中喔～』

好難為情！

向全世界（？）告知自己的事情，真的很不好意思！

『平時經常擺出自己是家長的態度，也想當一個認真的人喔。不過在我面前就會撒嬌呢～』

留言欄跳出「媽媽×女兒，流口水……」「覺醒了某種新的東西」之類的文字。不准跳，不准留下奇怪的內容！

哇！別說了，別說了！不要再說下去了！太難為情，我快瘋掉啦！

還有，留言「媽媽×女兒」的人大概罹患了什麼疾病，最好去看醫生！

『哎呀呀，留言欄裡有人寫說，希望我告訴大家女兒可愛的點呢～』

有種想聽又不太想聽的複雜心情……

『這個呢～特別值得一提的，就是女兒進入房間喔。魔女不是會戴一頂尖尖的帽子嗎？不知道究竟是忘記摘下來，還是刻意戴著的風格，她經常在室內也繼續戴著帽子呢。』

別吐槽這麼微不足道的地方啦！

想不到魔法直播普及後，竟然會對我造成這樣的傷害……

世界上難以預料什麼會對自己產生作用呢……蝴蝶效應就是專指這種事情吧……

『還有啊，就是她對胸部大小有自卑感吧。她經常看著我的胸部，露出類似「唔啾啾」的不甘心表情呢～雖然胸部不論大小都是個性之一，但她好像特別在意耶～』

「悠芙芙媽媽！別說了！不要在直播裡說這些！這是毀損名譽耶！」

明知道沒有意義，但我還是趴在幻影（顯示的牆壁）上。

「啊，剛才我就猜想她口中的女兒該不會是魔女大人，果然就是您嗎？」

慘了，完全被娜塔莉小姐發現了……

「活了三百年啊，總會發生許許多多的事情。既然都有女兒，那麼有媽媽也不足為奇。而且天地萬物都需要誕生出自己的對象，所以我有媽媽是理所當然的。這樣才得以維持世界的均衡。」

我索性將錯就錯。

其實算是自暴自棄了。

「原來如此……高原魔女大人親口說出來，就有說服力呢……」

「沒錯，就是這個意思。絲毫沒有哪裡奇怪。」

好不容易哄過了娜塔莉小姐。

可是，悠芙芙媽媽的魔法直播還在持續。

『還有呢，我女兒她有好幾個年紀還小的女兒喔～她一直試圖扮演好母親的角色。努力的心情溢於外表這一點，看在媽媽的眼裡啊，很可愛喔～讓我想坦率地為她加油呢～』

啊，她在誇獎我呢。

嗯，這方面她應該會繼續誇我。

『哦，問我孫女和女兒誰比較可愛嗎？這沒辦法排名喔，因為每一個都很可愛呢～不論是洞窟的水滴，或是瀑布的水滴，兩者都很不錯喔～哎呀，這個比喻很難理解嗎～』

嗯，的確很難理解。這個比喻只有媽媽才聽得懂。

結果悠芙芙媽媽忽然變成鏡頭的視線（雖然這個世界不存在鏡頭）。

『亞梓莎，妳在收看嗎～？今天聊到媽媽對妳的愛喔～下次再來玩吧～媽媽會幫妳製作加了許多滴蜂蜜的煎餅喔～歡迎～』

「嗯，我會再去的，好啦。」

我也朝幻影揮揮手。拜託，這是影片信嗎？

『媽媽愛妳喔～今後可以繼續毫無顧忌地前來～』

「毫無顧忌的用法怪怪的，不過媽媽的恩情傳達給我了。」

愛對方這句話，面對面的時候說不出口呢。

不過，這種驚喜偶一為之或許也不壞。

利用幻影的魔法直播——起先我只注意到佩克菈的為所欲為，不過後來誕生了宣傳庫庫新曲等全新的溝通方式。

這肯定是一件非常好的事情。

藉由魔法直播問世，放眼全世界，應該會有人因此獲得幸福。

如果誕生前所未有的溝通管道，當然會有問題隨之而來。想到佩克菈的強制魔法直播也屬於這一類的話，倒也並非不能容忍。

畢竟後來也確實追加了最小化畫面，以及靜音等功能。

悠芙芙媽媽的幻影到此結束。

「——就像這樣，目前還以冒險家為中心流行，但說不定也會向普羅大眾擴展喔！」

娜塔莉小姐的情緒前所未有地亢奮。

因為接觸以前不存在的嶄新文化而感到興奮吧。

雖然有些誇張，但魔法直播或許是一場革命。

但是擴展到一般群眾的話，是不是會有些麻煩呢……

畢竟大量散播著魔族的資訊呢……我希望能局限在冒險家之間。

「對了，我想到一個好主意！」

娜塔莉小姐一拍手。

我總覺得不是什麼好事，這種猜測幾乎都很準確。

「如果可以的話，魔女大人要不要也嘗試幻影魔法直播呢——」

「不用了！」

雖然只要我想，器材就弄得到，但我才不要！

「不過魔女大人，可以向觀眾傳達孩子們的可愛喔。」

她這句話稍微，不對，相當打動我的內心。

向魔族與冒險家傳達女兒們的可愛，可以算是一種社會貢獻吧。那豈不是應該做嗎？

理論上全世界最少會出現大約十萬人，看到女兒們的可愛後，認為明天也要打起精神活下去。這也算是拯救了十萬人。

可是關於魔法直播，我想起一開始前來通知的魔族農業大臣。

如果跑來幾個像別西卜這樣的人，想帶走法露法、夏露夏或桑朵拉，那可就是大問題。大家都很可愛，所以有可能暴露在危險之中。

聽起來好像很溺愛女兒，但這絕非溺愛。而是事實。

「我決定今後繼續單純當魔法直播的觀眾就好。」

我微微一笑，如此告訴娜塔莉小姐。

SHE LOVES EATING!

精靈飯

持續狩獵史萊姆三百年，不知不覺就練到 LV MAX

—外傳小說—

Morita Kisetsu
森田季節
illust. 紅緒

如果有間新店與老得有風格的店，那麼老店比較值得相信吧？

「這瓶『營養酒』真的很好喝喔！在伏蘭特州可是掀起熱潮呢！由於瓶裝確實密封，還可以長期保存，即使賣剩也不會變質！可以安全確實地為店家增加營收！」

「哈爾卡拉小姐，妳還真是能言善道呢……」

對方公司的大叔有點嚇到，不過營銷就該像這樣有精神才好。如果力道不足，對方根本不會留下印象。

我名叫哈爾卡拉。

是哈爾卡拉製藥這間公司的社長。

出身精靈，學習植物與藥學知識，同時幾年前開始創業。

很幸運地，在我們精靈群居的善枝侯國，以及侯國所在的伏蘭特州都有不錯的業績。

今天則以擴大銷路為目標，長途跋涉來到其他州做生意。

多賣一點！大賺一筆！

「原本對精靈的印象是更加端莊又拘謹，但妳似乎不一樣……」

「不好意思～連我自己都對『營養酒』很有自信。結果自信有一點徒勞無功呢～另外精靈多半都是這種感覺喔～拘謹的印象應該是住在更北邊的精靈吧～」

這一次推銷，我可要盡量強勢一點。

畢竟商品已經放在桌上了。

「敬請喝喝看。我認為這是最能理解價值的方式！」

既然我都這麼說，對方當然也只能喝了。

大叔拿起酒瓶，咕嘟咕嘟一飲而盡。

「哦！不知道為什麼，感覺還可以再拚一下呢！」

「對吧！『營養酒』是以敝公司的祕傳配方，混合多達三十六種到四十五種植物，調配得滋味順口喔！」

「三十六種到四十五種，會不會太粗枝大葉了……？」

「因為……根據季節不同，能採集的植物與蘑菇之類也會改變……是這個意思……」

細節要靠氣勢轉移話題。這才是做生意的鐵則。

就算詳細說明，反正對方也聽不懂……所謂做生意，就是與對商品沒興趣的對象溝通。

「不過三十六種到四十五種，加了這麼多種植物，妳都記得嗎？」

哎呀，這次被對方吐槽了。

「哈哈哈！我可是社長啊！當然不記得！」

「明明不記得，居然將錯就錯呢！」

「這個啊……只要看看這份資料就好，上頭寫著植物成分一覽表！因為每天都在改良，所以要背起來……很困難！沒錯！」

為了轉移焦點，我增強自己的氣勢。做生意時的行銷話術也要依照對象而改變。

大叔緩緩點了點頭。

「妳這人真是有趣，所以我接受。那就先放兩箱試賣看看吧。」

「非常感謝您！」

生意搞定！

◇

「哎呀～城鎮景色看起來比來的時候更漂亮呢～」

我輕快地連蹦帶跳，走在不知名的城鎮中。

讓客戶將商品放在公司內，職員飲用多少就收多少錢，這種制度還是首次引進。

一般而言，商品都放在商店內販售。

但是要在人多的店鋪內才能暢銷。所以我靈光一現，何不放在職員人數眾多的公司呢。

職員肯定累積了不少疲勞，理論上很有可能飲用有舒緩疲勞效果的飲品，而且也會有許多職員目睹到飲用者。這麼一來，自己肯定也會想喝喝看！

「哎呀，有機會，有機會喔！我該不會是天才吧！這豈不是很順利嗎？成功的話，收益應該也會大幅增加!?」

可是。

——心情非常好的我……身體卻出現了悲劇！

「我的肚子…………餓了。」

來到遙遠的土地上談生意，當然會緊張。我也是會緊張的。

生意談完後，一下子就感到肚子空空了呢。

要事已經搞定，接下來只要搭乘馬車返回即可。現在是上午，時間還早，可以到馬車抵達的下一站再吃東西——

不過機會難得，就在這裡找店家用餐吧！

要吃什麼好呢。來都來了，乾脆吃些平時不會吃的東西吧。

我走在餐飲店眾多的馬路上。

『正宗精靈料理』。

嗯，這種店家最不可信，是靠在地之名唬人的範例。還有，根本沒有什麼精靈料理。料理會依照居住地區不同而有差別，就像沒有人類料理這種分類一樣。

『可以無限添加香草的意麵　免費加大！』

這是針對大胃口男性的店家吧。真要說的話也可以這樣冒險，但我現在想嘗些比較特殊的料理。

『麵包與茶飲　蕾斯提亞』

咖啡廳呢。我現在的心情不太想吃簡餐～

『大眾餐廳　馬洛尼艾屋』

店鋪的氣氛樸素典雅，還不錯。看起來似乎贏得在地民眾的信賴。

要選這一間嗎？穩是很穩，從窗戶可以看見店內，座位坐得頗滿。距離中午休息還有點早就這麼多人！這間店肯定不會錯。

可是我搖了搖頭。

「機會難得，稍微冒險一下吧……雖說是用餐，但我是來擴大銷路的，吃得太保守很奇怪呢。」

再往前走一段路後，一間相當乾淨的店鋪映入眼簾。

『本州首間塔亞塔特島料理　珊瑚礁』

「這是什麼啊？從來沒聽過……」

置於店門前的招牌上有說明。

『本州首間塔亞塔特島料理
珊瑚礁』
塔亞塔特島是位於王國南方海上的島嶼。
據說魔族曾經使用這片土地上的農產品，
創作全新的料理，
此乃塔亞塔特料理的起源。
敬請享用現在很受女性歡迎的塔亞塔特島料理！

南國料理嗎，難以想像是什麼樣的菜色呢。噢，招牌上附有插圖與說明。視覺資訊也得詳細確認才行。

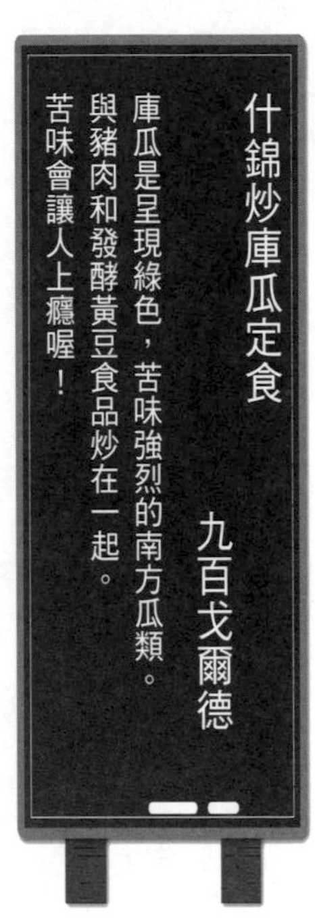

看插圖，什錦炒庫瓜附贈麵包、湯品、小菜等三樣。賣九百戈爾德倒是很划算，店鋪感覺也是最近剛開的，十分時髦。

「好，就選這一家！」

我緩緩打開店門。

店內一個客人也沒有。

只見餐桌座位與櫃檯座位空蕩蕩。

我有不好的預感。

多半選錯店了吧……生意居然這麼差，該不會有什麼問題……？是不是離開比較好……

「啊，歡迎光臨！」

結果留鬍子的年輕店長已經向我打了招呼。

天啊——！這下子走不掉啦！還有，雖然店長以頭巾裹住頭，不過還頗帥的！這一點值得稱讚。

沒辦法，我只好坐餐桌座位。那就正向思考吧，肯定只是剛開張沒多久，還沒有常客而已。一定是這樣。畢竟現在距離吃午餐還有點早。這個時間高朋滿座的店才奇怪。

「請給我一份什錦炒庫瓜定食。」
「好的！」
店長很有精神呢。似乎是在櫃檯座位的後方烹調，從餐桌座位也可以看到鍋子等廚具。
只不過……廚房除了店長以外還有兩人。
晒得微黑的兩名年輕人類男女站在角落。
「莉安妹妹，下次放假我們搭馬車去釣魚吧～」
「欸～再看看吧～這是在把妹嗎～♪」
「那麼帶其他女孩一起去就好啦～」
還問是不是，就是在把妹！
其實在這種情況下無關緊要，要把妹也是個人自由——
問題在於，那是烹飪區吧？在那裡聊天會讓人在意，拜託你們別這樣！要把妹不會到休息室等地方再把啊？還有，客人才一名，櫃檯卻有三名店員，有神祕的壓迫感……如果不工作的話，拜託去客人看不見的地方吧。
即使店內很時髦，結果卻讓人感到不安！坐立難安耶！
他的年紀看來與店長相仿，應該是開店的店長雇用朋友的模式。由於是朋友，多半很難糾正對方。

「還有啊，莉安妹妹，不覺得那位客人的胸部超大的嗎？身材好惹火喔～」

「喂！不可以拿客人當話題吧！呃，要聊客人不是不行，但這種話應該在客人聽不到的地方說吧！而且怎麼可以對莉安妹妹說這種話！

「哇～真的耶～好厲害喔～我的胸部沒辦法長那麼大呢～」

連莉安妹妹也跟著答腔喔！

我略為抱著頭傷腦筋。

選錯了嗎？我選到虛有清潔嶄新的表象，結果毫無基礎的店家了嗎？

店內的裝潢倒是不錯。

雖然我沒去過，但有南方國度的感覺。店內懸掛貌似描繪塔亞塔特島景色的繪畫之類。原來塔亞塔特島有翠綠色的海洋呢。

另外我對海洋不太熟悉，但店內還掛著貌似衝浪用的板子。總覺得靠這種東西出海和自殺無異，運氣好的話會漂流到無人島吧……

總而言之，只知道鬍子店長嚮往塔亞塔特島這種南方國度。

不過有一種照貓畫虎的感覺。

這絕非出身塔亞塔特島的島民開的店。若來自這麼南方的國度，即使是口音都會不太一樣，但店長的口音完全是在地人。

難道當初該選『大眾餐廳　馬洛尼艾屋』嗎……？

這叫搞不清楚勇氣與有勇無謀的失敗，太年輕犯下的過錯嗎……？

不，戰鬥還沒結束。

剛才店門口插圖描繪的什錦炒庫瓜，看起來十分美味。

純粹只是這間店剛開不久，而且提供罕見的料理，所以才沒有固定客源。沒錯，肯定是這樣！

實際上非常美味，可能是遭遇未知料理的好機會！

只要味道好，頑固老爹開的店也會生意興隆。最重要的是味道！光憑店內氣氛判斷太可惜了！

「來，什錦炒庫瓜定食好囉。」

店長連同托盤端來定食。

附帶一提，剛才那兩人還在聊天。他們的確沒有幫忙烹調，待在那裡到底有什麼用意呢。算了，無妨，嘗嘗看吧——

哎呀？

有些不對勁。

在吃之前就有強烈的違和感。

精靈的本能這樣告訴我。有種森林提醒我的感覺。親如母親的森林在說有問題，有問題。

但是還不知道味道，從未見過的料理究竟哪裡產生了違和感呢。

啊，原來如此……

這份定食的外觀，與店門口的插圖完全不一樣！

主菜以外的部分特別過分！

插圖中明明畫了三個小碗，實際料理卻是三道小菜各放一點在同一個盤子上！

呃，小菜的數量可能相同，分量卻差得太遠了！而且其中一道是隨處可見的醃黃瓜。

有些店家甚至可以吃到過癮呢……

還有，主菜的什錦炒庫瓜也完全不一樣。

首先，色澤就不一樣。

但這並非指綠色的庫瓜炒成焦黑之類。庫瓜呈現綠色。

可是，料理整體看起來特別白。

原因在於存在感莫名強烈的豆芽菜！

插圖上幾乎沒畫什麼豆芽菜。只有幾根乖乖當庫瓜的配角，夾雜在整道菜之間而已。

應該說因為豆芽菜是白色的，所以剛才在視覺上沒有注意到。

問題在於眼前這道料理，豆芽菜遠比庫瓜還多！

居然用豆芽菜灌水！

根本存心節省比豆芽菜高級又罕見的食材庫瓜！

還有與插圖不一樣的地方。

這道什錦炒庫瓜水水的。

大量水分累積在盤底。簡直就像湯品！

太奇怪了。剛才那幅插圖確實有炒乾水分。不應該這樣水水的。

造成這種現象的元凶很明顯。

是豆芽菜！

由於用豆芽菜灌水，形同加了水，宛如溼答答的不同料理，連菜款都變了！

即使不知道正宗料理都分得出來。這是一盤失敗的什錦炒庫瓜……

想不到在品嘗之前，就讓我嘗到苦澀的經驗……算你厲害……

總之吃吃看吧。我以叉子叉了一塊什錦炒庫瓜。

味道也苦苦的。

苦味應該是庫瓜原本的味道，況且其實精靈會吃不少苦澀的草，但這道料理本來不該有這麼多水分吧……不如說，這根本就是炒豆芽菜……豆芽菜過於搶味了。知名配角演知名配角還可以，當主角就毀了。應該說，就算炒豆芽菜也應該炒乾水分吧……

我在心中大喊。

選———錯店啦———！

※由於喊在心中，因此可以喊出難以發音的字。

在我默默地食用這道什錦炒庫瓜的期間，店長以外的兩人一直在聊天。太閒了喔。

女方即使被把妹，也一副半推半就的態度。不過立刻答應會被當成輕浮的女人，才會使出適度裝傻的戰術吧。

男方與其說光明正大，其實是採取正面突破的戰術。不耍什麼小聰明，約女方去風景區玩。某種程度上十分果斷，也有通曉騎士道精神的一面。

雖然我認為，他只是連耍花招都嫌麻煩而已。不過在任何人眼中都是把妹的直白手段，反而會出乎意料地有效呢。

既然聽他們的對話比較有娛樂性，我乾脆集中精神聆聽。至於味覺，老實說已經不重要了。

「真的啦，去池塘吧。聽說是這附近最像塔亞塔特島的蔚藍景色呢！」
「話說，前輩你有去過塔亞塔特島嗎～？」
「太遠了，沒去過（笑）。」

原來沒去過喔！

冷靜一點……喝杯水冷靜一點……他多半只是店長的朋友。鬍子店長也有可能在塔亞塔特島待了很久——
「欸～店長為何會開塔亞塔特島料理的店呢？」
「契機是之前在鎮上的公會堂聽塔亞塔特島音樂的演奏會，聽得深受感動。心想總有一天要去看看。」

居然連店長都沒去過！

還有，契機居然是音樂！
拜託至少嘗過塔亞塔特島料理，受到感動再開店好不好！
「塔亞塔特島似乎有一片廣闊無垠的蔚藍大海呢。連沒看過海的我，都想有朝一日成為那麼不得了的人物，才會開這間店。」

不好意思，我真的聽不懂你這番話。

還有，那塊像衝浪板的東西，只是單純的展示品吧。

露出死魚眼的我，吃光了苦苦的炒豆芽菜與其他。

盤子上的小菜乾巴巴的。湯品也沒什麼料。

「我吃飽了。麻煩結帳。」

我掏出正好九百戈爾德。

「不好意思，客人。招牌的價目不含稅，所以是九百九十戈爾德。」

雖然感到不爽，但我還是補了九十戈爾德。

幸好我不是魔王，你們撿回了一條命。

離開店鋪，走到前方不遠處，我抬頭仰望這間店。

「頂多再撐半年吧。」

拖著疲憊的步伐前往馬車乘車處，同時我嘴裡嘀咕。

「我好累……」

◇

嘗過塔亞塔特島料理之後，過了兩星期。
我今天又來到不同的州做生意。
不過這次並非上一次的城鎮。
不如說是城鎮與城鎮之間的樞紐，大馬路的休息站。
前方是拴馬區，一旁有旅客用洗手間。這部分與任何一處休息站都一樣。至於後方──

『東寇塔大教堂大道　祈禱泉水休息站』

掛著這樣的招牌，並且矗立一間寬敞舒適的平房建築。
裡面販售伴手禮與食物，也設有餐廳。
我的目的是讓這間食品販售處銷售自家公司的商品。
在休息站的管理樓層內，我與買方展開商談。他負責管理周圍五座休息站。
頭頂上參雜了幾根白髮，不過貌似溫厚。在容易做生意這方面等於選對了地方。

「行走在大馬路上的旅客，肯定有不少人累積了疲勞。這時候只要有哈爾卡拉製藥的藥品與『營養酒』，就會活力百倍！我認為應該也符合休息站的需求！」

「哦~每一項商品看來都比食品更耐長期存放呢。」

「對呀！耗損也較少，敬請放心！即使請您先試賣一個月也可以！」

我湊過上半身展開攻勢。

縮短至對方不悅之前的位置，凸顯自己的幹勁！

然後讓對方說出「我知道了」！

「既然可以試賣一個月，那就試試看吧。」

很好，有機會！

「非常感謝您♪另外販售時若能使用這些，銷量會大增喔！」

我將「哈爾卡拉製藥的自信商品推薦給您！」的海報交給對方。

文字一旁有我手扠胸前站著的圖片，表情彷彿在說「徵求挑戰者！」。

有沒有這張海報，銷售量會有天壤之別。尤其我們公司生產的商品單價較高，即使只增加一點銷售量，都有很大的效果。

「哎呀，真是熱衷於做生意的精靈小姐。海報上還畫著您，特別顯眼呢。」

「是啊，最近不是增加了不少張貼料理插圖的餐飲店嗎？我是仿效他們的。」

什錦炒庫瓜那間店……我不會讓你們死得毫無價值。雖然多半沒死就是了。還有，我已經忘了店名。

「機會難得，方便也看一下預定設置的場所嗎？這麼一來哈爾卡拉小姐也能放心吧。」

「我很樂意！」

於是我成功讓對方將商品放在轉角處，很容易映入眼簾的位置。

不錯，看來可以暢銷喔～

比起當個上班族，我更有經營公司的才能。

應該說，公司體制實在太不合理，我無法適應氣氛。

之前上班的公司也是，每週都要舉辦一次早會，但那對業績肯定一點意義都沒有。只是單純占用職員的時間而已。

為了「這是公司的傳統」這種原因，無法省略這種浪費時間的舉動，我認為這種公司做什麼都不會成功。因為這已經等於儀式了呢～又不是神官，舉辦儀式有什麼意義呢～既然做生意，當然得追求利潤才行啊～

「哈爾卡拉小姐，您似乎真的很開心呢。」

休息站的買方這樣告訴我。

「是嗎～？聽您這麼一說，或許是呢～因為自己的努力直接透過業績這種形式，化為『具體可見』呢。」

「冒險家也說過，只要戰鬥就會提升狀態，所以會產生幹勁。努力與成果銜接是一件好事呢。」

沒錯，這句話是真的。

如果無法產生得到回報的心情，就很難持續下去。若是當職員，基本上都是固定薪資；所以勝利條件很容易變成工作時間內，究竟如何才能輕鬆，這樣可不好。

話雖如此，業績嚴苛的工作也很傷腦筋……

——就在這時候，悲劇再度出現在我的身上！

咕嚕嚕嚕嚕～～～

肚子發出非常要寶的聲音。

「哎呀，您似乎肚子餓了呢。」

「對啊。尤其是談生意的日子，前一天為了管理健康，都規定自己吃清爽的食物。」

身體不適就會無法出門。若露出病懨懨的表情談生意，對方或許會擔心我，可是對締結契約有沒有幫助，答案是沒有。

所以我的肚子才叫我提供食物給它。

現在是好好大吃一頓的時候呢。或許豪邁一點，喝喝酒也可以。因為這裡是大馬路沿線，路線馬車的班次也不少。

「這樣的話，哈爾卡拉小姐，那裡可以用餐，不嫌棄的話請嘗嘗看。」

買方手指的另一端，是與休息站併設的餐廳。

就是餐飲區吧。

在櫃檯點餐，自己找餐桌座位，坐下來用餐。吃完後將餐具端到回收區。

只不過，雖然對買方很抱歉——

可是看起來不太美味呢……

我聽說最近大馬路的休息站似乎也有進化，名店進駐之類的例子。不過這間休息站貌似還停留在上一個時代，只提供很常見的料理。

可以感受到疲倦的氣氛傳過來。

連職員身上也傳來倦怠的感覺呢……

若是經常往來於大馬路上的職業，或許會產生「只要填飽肚子就行」這種心態，但是很少來這種地方吧。

來都來了，想吃些更好的！

找間店吃飯吧！

「這個呢，既然難得來一趟，我想在附近尋覓店家～請問有餐飲店嗎？最好是從以前就一直經營，在地人熟悉的店鋪。」

上次選到一間除了嶄新以外一無是處的店鋪，所以這次我想選歷史悠久的老店。

據說餐飲店大多撐不過五年。

意思是說，開了幾十年的店鋪值得信賴。

當然有可能改建過，外表變得煥然一新。所以光靠外表很難判斷，但依然可以做為參考。

「嗯～店鋪啊……」

買方歪著頭回答。

「這附近人口稀少，所以沒什麼店家呢。雖然不至於完全沒有……很抱歉沒幫上您的忙。」

沒辦法。畢竟休息站不是針對在地居民的設施。

「不會，逛逛不熟悉的地方也是生意經，很重要的！我四處去逛逛！」

走出休息站後，我開始沿著大馬路走。

休息站附近倒是有幾間開在路邊的店。

首先是舊衣店。不是餐飲店，所以不行。

接著是在路上經常看到，麵包內夾著蔬菜與肉之類，俗稱三明治的店鋪。還是上頭畫著魔女圖案的『女巫三明治』連鎖店。這在任何地方都吃得到，所以不行。

迷你賭場，豎立著許多「新靶臺進貨！」的旗子。這也不是餐飲店，不行。

上頭寫著『休息　一晚四千五百戈爾德起』，粉紅色外牆的店……這是另一種類型的休息站，不行。

「沿著大馬路走也沒什麼意義呢……老店不會開在高度開發的地帶吧。」

我從大馬路轉進岔路內。

頓時少了馬車與行人通行，十分寂靜。

「唔……比我想像中還鄉下……難道是完全沒有餐飲店的區域嗎……？不過有零星的住宅，照理說不至於沒有……」

感到不安的同時，我繼續走在路上。胃彷彿在叫我趕快給它食物。

我肚子好餓！餓到想咬一口旁邊的樹！

田裡長著某些葉子，真想挖起來吃……不，再怎麼說也不至於這麼做。

然後，就在我從岔路再轉進岔路的時候——

『阿露瑪餐廳』

有間只寫了這幾個字的店。

店鋪頗有年份，油漆也剝落了一定程度，門前放著一塊畫著湯品與湯匙插圖的木製招牌。掛出這塊牌子，代表目前有在營業……

不過還真是寂寥呢。

不論是街道或建築物，都感覺不到活力。

比方說，祭典時品嘗的食物會覺得比實際上更美味。

這裡缺乏這種氣氛。

就算繼續往前走，前方也全是田野。

只能掉頭，或是進入這間店二選一。

「這才是終極的選擇……」

不，既然在這種偏僻的土地上經營許久，代表可能是名店！而且這次不嘗嘗看的話，這輩子就沒機會了！

身為社長，就是必須一決勝負的職業！

發揮開拓者的精神，我打開了店門。

從外面的馬路完全想像不到店內的人聲鼎沸——其實並沒有。

又是空無一人。

既然陳列著幾張桌子，代表是餐廳無誤，但顯得十分陰暗。

而且這次連店員都不見蹤影。

「呃，不好意思～」

首先我試著開口。

「不好意思～不好意思～」

老實說，其實這樣是不對的。

既然店裡沒有人，就應該迅速關門，趕緊離去。

可是我怎麼會反射性地犯下呼喊店員的錯誤呢。

即使自覺到內心的聲音在吶喊「這種就不該深入！『再往前走一點』這句話會害死冒險家！調頭的話還有機會再來！」但我卻輸給「既然沒人就喊喊看」的常識！

過了一段時間——

一位步履蹣跚的老婆婆從後方緩緩走過來。

「歡迎光臨……找個喜歡的位置坐吧……」

當下我已經心知肚明。

——來錯店啦！

「來，請喝水……」

老婆婆為我放了一個水杯，於是我邊看菜單邊喝水。水喝起來溫溫的。

「……那麼，請給我這份A午餐。」

「好的，稍等一下。哎呀，小姐是今天第一位客人呢……」

「哦，是這樣啊……」

「還有小姐，妳的身材很不錯呢。年輕真好。」

「唔……是啊……」

雖然我的年紀可能比老婆婆還大……

由於店鋪是老婆婆經營，料理端上桌花了不少時間。不過味道還能下嚥。再具體形容一點，就是不擅長下廚的朋友母親做出來的味道。

價格雖然不算貴，但這種水準不值得花錢品嘗呢……

可能是老婆婆負責烹調，與其說調味雜亂，應該說味道太淡了。簡直沒有味道可言。雞肉應該多一點鹹味。雖然應該對健康有益……

走出這間店鋪後，我緩緩眺望建築物。

「看起來根本就是改建自家的店鋪呢。」

原來不是有年份的老店！

由於不需付店租，雖然賺不了錢，卻是基於興趣開的店！

我頓時垂頭喪氣，步履蹣跚地走回大馬路。

然後在空無一人的路旁，朝著田野大喊。

「啊啊啊啊啊啊啊！我又搞砸了啊！」

之後我進入連鎖店『女巫三明治』，點了三明治與茶飲套餐（六百戈爾德）。

「嗯，不論在哪裡吃都是相同的味道。但是，現在這樣才讓人放心……」

感覺到連鎖店真好。

「這就是文明的滋味呢……」

附帶一提，半年後，我由於聯繫業務而經過塔亞塔特島料理的店鋪旁。只見上頭掛著「店鋪出租」的牌子。

有可能嚮往南方國度，搬遷了也說不定。

☆個人筆記☆

塔亞塔特島料理　珊瑚礁
什錦炒庫瓜定食　九百戈爾德（稅另計）

要小心開在大馬路上，過於嶄新的店家……
還有，店員特別愛聊天的店家也很危險……
身為精靈有點在意海葡萄，關於塔亞塔特島的料理，
下次若找到正統一點的店家會想嘗嘗看。
不知道海葡萄能不能釀葡萄酒呢。

☆個人筆記☆

阿露瑪餐廳　A午餐
七百五十戈爾德

原本不打算進入破舊的店鋪，
但如果真的倒了會讓人不捨呢。
在地也有好幾間這種我雖然沒有光顧過，
但是在精神上聲援的店家。

花別人的錢吃飯比較美味，這種說法有根據嗎？

SHE LOVES EATING!

大家好，我是居住在伏蘭特州的精靈，哈爾卡拉。

幾年前創立哈爾卡拉製藥這間公司，很幸運地，業績長紅。

受益於業績，午餐我經常在工廠附近的時髦店家享用。哎呀，有錢真好呢～雖然我是精靈，但比起樹木我的確更喜歡錢。

今天我在離公司不遠的人氣店鋪『陽光咖啡廳』用餐。

店內在外表年輕的精靈女孩們加持下擠滿了客人。

另外，精靈看起來年輕的期間很長，因此年齡和我媽媽相仿的人，以及和女兒差不多大的人幾乎沒有區別，所以很難判斷是否受年輕人歡迎。

我點當季午餐拼盤（一千兩百戈爾德，附贈餐後茶飲與甜點）。

「久等了，這是當季午餐拼盤。」

腰桿筆直的女店員端上盤子。

盤子置於描繪了樹葉花紋的桌巾上，盛裝了排列整齊的麵包與沙拉、各種配菜。美得就像一幅插圖呢！

附帶一提，聽說最近女孩子之間流行一種興趣，就是看到可愛的事物就迅速畫下來，之後向別人炫耀。

可是不僅沒有繪畫才能就畫不出來，而且若不在短時間畫出一定水準，料理就會涼掉，因此難度非常高。我認為任何世代，女性對「可愛」都是很真誠的。

由於我是精靈，較為瞭解人類女性一兩個世代之前的動向，一直在觀察每個時代追求「可愛」的態度，很佩服竟然能創造出那樣的流行。

精靈在這方面由於長壽，該說流行也非常緩慢嗎，一旦蔚為風潮就不會很快衰退，所以十分輕鬆。

在我媽媽那一世代，聽說流行過將數字排列得像密碼一樣，藉以傳遞資訊的ＢＢ叩。正常點說話不好嗎？

好啦，那些事情都不重要，來吃午餐吧！

先從沙拉開始品嘗。蔬菜有沙拉薊、伏蘭特菜，還有甘藍菜與龍香草吧。龍香草的紅色當作點綴。醬汁可能加了蜂蜜，是酸中帶甜與醇厚的滋味。

接著看起來像果凍的這一道……雖然不知道正式料理名稱，但好像是滿時髦的名字。嗯，很美味。

然後……這一道五彩繽紛的，我想想，好像叫醬糜？多半是這個名稱的料理。

嗯，好吃。

還有我將麵包撕成小塊送進嘴裡，這種麵包帶有一部分餅乾麵團。

再說一次，很美味。一個人用餐不需要詞藻。不如說，如果有人獨自吃飯的同時，還刻意用各種形容詞表現味道，那才可怕。

很美味。好吃。

頂多用這兩個形容詞就夠了。這道午餐拼盤很好吃，這一點無庸置疑。

可是——

一點都沒有吃飽的感覺！

我開始有點火大了！

我承認擺盤的確很漂亮，但所有分量都很少！又不是小鳥胃，多讓我品嘗飽足感嘛！

沙拉很健康是好事。要是灑滿了豬背油，吃起來油膩膩可就麻煩了。

這道像果凍的菜色如果太多可能也會膩，不需要太多這種變化球。所以這也沒問題。我代替神明原諒店鋪。

可是我無法接受麵包這麼小塊！

盤子上的麵包只有半個掌心大小。這樣能當正餐嗎！兒童餐喔！即使是點心都比這多一點！

用餐的目的又不是為了時髦！是為了活著，代表當然是為了吃啊！分量這麼少要怎麼喚起吃過的感覺呢！

走出店鋪後，我抬頭仰望天空同時思索。

「我非吃不可。」

我要痛快地吃麵包。

即使是精靈，光吃葉子也會餓的！

◇

帶著這種想法的同時，我結束工作回到家中。

我家有父母，以及哥哥與妹妹，總共五人。

前往客廳，只見所有家人都無所事事。真的只能用無所事事形容他們的狀態，所有人都像蟲子一樣在地板上躺著。

或許有人會覺得這樣很髒（的確不太乾淨），不過精靈的習慣是脫下鞋子才進入家中。所以即使鞋子踩到馬糞，基本上都算安全。

我們家人錢賺最多的，毫無疑問是我。

爸爸一直反覆遭到裁員與二度就職，哥哥則是打零工的飛特族。妹妹目前在美甲沙龍工作，但經常抱怨「薪水太少」。

不如說，當初就是心想我不賺錢就完蛋了，才會白手起家。

「只有這間房間，時間流動得十分緩慢呢。」

我低頭看著家人同時心想。雖是低頭，但可不是瞧不起家人。因為所有人都躺著，所以我站著就變成低頭看著大家。

「回來啦，哈爾卡拉。」

哥哥毫無幹勁地晃悠悠舉起手。

「嗯，我回來了。道具店由於很早休息，打工似乎很輕鬆呢。」

「噢，那個啊……我被開除了。」

只見哥哥露出有些陰暗的表情。

「咦……？」

這個「咦……？」不是無法理解，而是「你在搞什麼鬼啊」的意思。

「我好歹懂得道具店的待客方式啊？況且客人又不是經常上門……只要一定程度

的溝通能力就可以做了吧？難道我有廢到連這點小事都不會嗎？」

「妳哥哥呀，因為連續遲到才被開除囉～」

身上蓋著毛巾毯的媽媽睡眼惺忪地說。已經晚上了，躺在床上睡覺不是比較好嗎……

還有因為遲到被炒魷魚……連辯解的餘地都沒有……

「沒啦～原以為連我都能輕鬆勝任道具店的工作，但是早上太早了。九點開店，所以八點半一定要到。」

「距離家裡只要八點出門就趕得上，七點多起床的話，來得及上班不是很正常嗎？」

「因為我連續兩天一起床，發現已經下午一點了。我上輩子該不會是吸血鬼之類的夜行性生物吧。嗯，肯定是這樣。」

他不只是很差勁的哥哥，而是連身為生物的等級都低得離譜……

妹妹完全不理會耍廢的哥哥，一直在指甲上塗東西。這和職業也有關係，無妨。

爸爸小口小口喝著便宜的酒，咬著下酒用的炸薯片。

他也賺不了幾個錢，所以沒資格叫哥哥認真一點呢……

這時妹妹突然站起身。雖然她有一副童顏，卻已經畢業而且正在工作。和我大約差了四十歲。不知道以人類標準而言差了幾歲。

「欸，姊姊，明天妳放假對吧～？」

「嗯，是沒錯。有什麼事嗎？要我當妳的美甲實驗者嗎？」

妹妹咧嘴嘿嘿一笑，笑容實在很討喜。我們家族的容貌都很好看，哥哥也經常交到女朋友。雖然經常被甩。

「媽媽說難得一次，全家一起去外面吃飯吧。」

「對啊～應該可以吧～」

媽媽也一副從容不迫的態度表示。

「話說回來，最近都沒機會全家一起外食呢。」

原因在於工作時間各不相同。爸爸有時候要加班，哥哥由於打工，經常連週六、日與假日都要工作。我有時候也要搬運新的器材，或是在工廠休息的日子出門交貨。

這是正經的原因。另一項原因則是——

爸爸賺得太少，導致不太能經常外食……

要支撐五人家族，爸爸的薪水太低了。

由於經常換工作，導致薪水一直無法提升。

即使小孩都到了工作的年紀，外食還是得由父親全額付帳，所以很難開口主辦。

加上我們的食量比幼兒時期更大，餐費也更花錢。

因此大家才會擠在這麼狹窄的房間內無所事事吧……

盡快透過哈爾卡拉製藥賺更多錢，買一棟大房子，在更寬廣的空間內耍廢吧！

呃，其實也可以別再繼續耍廢……

暫且不提今後的目標——

難得全家外食，我認為有必要舉辦。

所謂用餐，也就是為了填飽肚子。如果沒有這種效果，全世界的動物都會餓死，所以這項任務最重要。

不過，用餐同時也扮演了人與人之間交流的責任。

「我有空喔，那就去吧！」

「太棒了！謝謝妳，姊姊！」

妹妹跳起來緊緊摟住我。她真是可愛。

「哈哈哈，這點小事情不用道謝啦。」

「哈爾卡拉，謝謝妳。我想吃蘑菇，聽說西神殿大道有一間蘑菇很棒的店。」

「哥哥你也不需要向我道謝啦。」

來這一套會讓我以為好像奇蹟呢。即使家人有困難，但又沒有吵架失和。

「蘑菇也不錯呢，我想大吃一頓！機會難得，我也靠爸爸出錢痛快地吃吧！」

這時候，爸爸明顯地別過視線。

不，其實原本並未四目相接，但爸爸卻刻意低下頭。

「哈爾卡拉，其實爸爸手頭很緊，希望家裡最有錢的妳幫忙出……妳的工作十分順利，光是存款就有幾千萬戈爾德了吧，哈爾卡拉……？」

想不到父親的背影會有看起來這麼渺小的一天。

「呃，我也拿一部分賺來的錢貼補家用了吧？如果全家用這筆錢外食，我完全不會說不行喔。」

「可、可能的話……希望妳用自己的零用錢請客……因為生活費滿緊湊的……」

好歹有四個人在工作，手頭拮据也太奇怪了吧。雖然有一人被炒了魷魚。

還有，即使我在賺錢，但並未每個月拿幾十萬戈爾德貼補家用。因為如果這麼做，全家有可能從此不工作……

我的確存了大約幾千萬戈爾德。這一點我不否認。

可是這種額度算不上一帆風順。投資設備就需要這麼多盈餘。

更重要的是，我不希望花自己的錢讓這些人揮霍。

現在還太早。比起高級料理的味道，一旦讓他們嘗到奢侈的滋味，會變成更頹廢的精靈。

至少哥哥毫無顧忌，點一大堆昂貴蘑菇的話，我會很不爽……

他們的食量都很大。我也繼承了這種體質，所以很明白，我們全家都很能吃。至少在時髦的咖啡廳用餐，會陷入像我一樣沒吃飽的感覺。

再加上哥哥散發的廢人氣場讓人看不下去。雖然我會找高級店家應酬，但我實在不想帶他去那麼高級的地方……真的很丟臉……

我思考了一段時間。

由於這段期間我沉默不語，也感覺到爸爸在提心吊膽。

「這個……不願意的話就算了……那就中止吧……嗯，中止……用家裡的錢，去『熱呼呼餐廳』吃飯吧。那裡還可以免費添加麵包……」

那是學生填飽肚子的店吧……全家去吃『熱呼呼餐廳』，有另一種丟臉的感覺……

「啊，『熱呼呼餐廳』的話，我有一百戈爾德折價券。」

哥哥，謝謝你提供資訊。但是我不會使用。

要帶全家用餐不會感到丟臉，也不算高級，還能大吃一頓的店鋪。

「我知道了。由我負擔全額，大家想吃多少就吃多少。」

爸爸和哥哥都「哦！」一聲露出笑容，讓我有點壓力……

「不過，店鋪由我來決定。這一點請大家體諒。」

◇

到了假日。

我帶全家來的店鋪是——

「來，想吃多少都可以。要吃幾盤都不是問題！」

『迴轉麵包　石倉庫　善枝侯國五號路伊拉庫薩筋十字路口店』

「一盤一百戈爾德起！享受各種麵包與三明治！」的旗子在店門口迎風飄動。

「哦～迴轉麵包啊，沒來吃過呢～」

媽媽大致上吃什麼都好，所以給予正面評價。

另一方面，其餘三名家人則十分失落。

似乎以為會吃更貴的大餐。

「不論十盤或十五盤，都盡量吃吧。」

迴轉麵包是利用水車動力等方式，將載著盤子的軌道轉到客座旁邊的店鋪。

另外迴轉的料理，原則上都是麵包。因為叫做迴轉麵包嘛。

麵包有塗了奶油或果醬的，也有鹹口味的，或是點心系的。其中有在切成薄片的麵包上加起司，烤得酥脆的口味。

說得直白一點，麵包有各式各樣的種類。將其置於迴轉的軌道上流動，讓顧客選擇喜歡的口味，就是迴轉麵包。

一種說法是距今大約五百年前，在魔族土地的城下町，曾經利用工廠的流水線運送點心麵包。據說以此為基礎設計出來的，不過真假不明。

「什麼啊，原來不是蘑菇嗎？爸爸原本期待蘑菇料理專門店耶……」

「爸爸，蘑菇料理請你自掏腰包去吃吧。」

「我也以為可以花別人的錢享用自助式蘑菇料理，沒吃早餐就來了呢。」

「誰叫哥哥你以為是自助式蘑菇料理。還有，拜託你趕快找到下一份打工。」

「可是啊，花別人的錢享用蘑菇，不是比普通的蘑菇別有一番美味嗎？感覺連軟趴趴的炒杏鮑菇都相當好吃吧？」

請你自己找個女朋友，讓她炒給你吃吧。

於是我們全家進入店內。

由於來得早了點，有不少空座位。獲得一間感覺不錯的包廂座位。

迴轉麵包的好處在於包廂座位才是主體，家人可以一起坐。正好適合全家用餐。

若是高級店鋪，就不太容易帶小孩子之類前來。

我坐在最後方的軌道旁，一旁是妹妹，再來是哥哥。爸爸坐我對面，身旁則是媽媽。無意中安排與哥哥坐在距離最遠的位置。

軌道在包廂座位的後方運作。

麵包接連不斷流動而來，光是觀賞這些麵包都很有意思。

「哈爾卡拉，媽媽不太清楚這種店鋪，可以幫媽媽只拿麵包嗎？」

媽媽說出非常像迴轉麵包初學者的話。

「不能只拿麵包啦！如果不連盤子一起拿，會沒辦法結帳！」

「記得盤子是依照顏色決定價格的吧？」

原來媽媽知道這一部分啊。她的知識呈現馬賽克狀呢。

「有店家以顏色區分價格，不過這間店原則上是單一價格，所以與盤子顏色無關。取而代之，昂貴商品會有較多的盤子。看，那份高級三明治就疊了兩個盤子吧？」

「啊～原來如此～媽媽明白意思了。」

「另外菜單在那裡，還可以單點沒有在軌道上迴轉的麵包。反正很便宜，就毫不留情大吃特吃吧。」

畢竟真的很便宜。

而且我也很感激迴轉麵包店。

在這裡不論吃多少都不奇怪，也不會引人注目！

在感覺良好的店鋪，根本不敢說「麵包不夠，給我大份的」這種話。雖然沒有規定不能說，不過社會上有公認的潛規則。

而且要挑靠近工廠，還能大口吃到飽的店鋪，地點自然也逐漸受限。若讓人產生「那女孩每天都來呢」這種想法也很難為情。這就是所謂的少女心，大概吧。

我只是想盡情吃到肚子撐而已！

來，想吃多少麵包就吃，吃到飽吧！

沙拉這些前菜就免了。一開始就從夾了許多罕見樹果切片的「森林恩惠麵包」（疊了五個盤子）開始吃吧！

而且我已經占了軌道旁邊的位置，可以瞬間動手搶奪獵物。

哦！

重點的森林恩惠麵包馬上就接連轉了三盤過來！

夾在麵包之間的樹果多到快滿出來！

塗滿磨碎的酥脆堅果與圓滾堅果，讓咀嚼產生音節，同時還夾在濃郁的精靈木通果果肉排之間，口感也是一等一的！

另外還夾了各種大型樹果的切片，營造出層層交疊的美味！

在『迴轉麵包　石倉庫』可是最貴又CP值最高的一道麵包！好，我要吃囉！

「啊，姊姊，幫我拿那份森林恩惠麵包吧。」

「我也要。」

啊！

糟了。

因為我坐在軌道旁，結果得負責拿餐點！

話說，怎麼突然從疊五個盤子的口味開始啊？

一般而言不是該客氣一點，從稍微便宜的口味開始吃嗎？

不過無妨。因為我已經說過會付錢，再抱怨的話會被當成小氣鬼。況且還有一盤。

「來，請用。仔細品嘗看看喔。」

好啦，最後一盤——

「這看起來很好吃呢。」

卻由坐我對面的父親拿走了。

拜託！三盤都沒了！而且是被家人拿走的！

「哇，這份麵包超好吃的喔～」

「真的耶。可能比自助餐蘑菇料理更棒呢。」

我開始對妹妹與哥哥感到非常不爽了。如果有人嫌我心胸狹窄，請先付我一千五百戈爾德再說。

「姊姊，接下來幫我拿頂級核桃麵包！」

又叫我拿疊了三個盤子（三百戈爾德）的麵包……一百戈爾德的口味有好幾種，拜託選那些嘛。

我該不會犯了重大的選擇失誤吧……？

我的家人根本不知道謙虛這兩個字怎麼寫，因此不停挑選高價位麵包，甚至連依照價格順序享用的想法都沒有。

真的有可能得花大錢。

早知道這樣，就該選擇均一價，一百或一百二十戈爾德的店才對……

如果一直點高價位麵包，金額很有可能堪比還不錯的店鋪……

在我面色發青時，從對面伸出手來。

媽媽這次同時拿了兩盤麵包。

「既然麵包很小，一次拿兩盤比較好呢～」

最小單位兩盤起跳，這是什麼絕招啊……

好……忘記家人的事情吧。我只要集中精神，盡情吃自己想吃的東西就好。唯有現在家人不存在，我一個人住！

「哈爾卡拉，幫我拿那一道使用頂級小麥的鬆軟麵包。」

「我也要，姊姊。」

要忘記家人根本是不可能的事情！

「哈爾卡拉，還是取消那盤頂級小麥鬆軟麵包吧。別拿旁邊的根莖沙拉麵包，假裝要拿那盤雞肉三明治，還是幫我拿一開始那盤頂級小麥的鬆軟麵包好了。」

「哥哥，這是在叫我玩什麼遊戲嗎！」

不用在餐飲店讓我鍛鍊集中力！

——之後家人似乎繼續享受迴轉麵包。

我則是忙個不停，一點食慾都沒有……

我現在的處境，與一個人不受打擾，悠哉品嘗料理的滋味完全相反。

想不到迴轉麵包竟然暗藏了這種陷阱……

迴轉麵包太可怕了……不如說，我的家人很可怕……

附帶一提，關於結帳。

總共將近三萬戈爾德……

這個價格可以吃全餐了耶……

是因為妹妹吃了三盤果肉排麵包嗎？這又不是吃到飽，拜託別抱持不吃就虧大了的想法好嗎？目的改變了吧……

付錢的同時，我在心中如此尋思。

真是失敗……看來挑選店鋪的時候得好好計畫才行。

還有，我堅定地發誓，即使是家人也不能太寵。

可是，我不會就此結束的……

另外吃太多的妹妹與哥哥，可能搭乘歸途的馬車感到不舒服，回家後居然吐了。

我的家人難道是笨蛋嗎……

◇

過幾天，我獨自來到『迴轉麵包　石倉庫　善枝侯國五號路伊拉庫薩筋十字路口店』。

為了報仇。

雖說是報仇，但不是砸壞店鋪這種暴力的手段。

坐在一人坐的櫃檯座位，我豪邁地舉起手，店員迅速前來。

「不好意思，請給我草莓聖代，超厚煎餅，鬆軟鮮奶油麵包，以及糖漬水果。」

店員露出「您一個人要吃嗎？」的表情。

「別擔心，這點分量我吃得完，請幫我端來吧！」

之後我徹底享受了一頓水果天堂。

沒錯，迴轉麵包的甜點品質也很高。不如說女學生就是瞧準這一點，會在放學後前來。

價格也遠比專門店的自助式甜點便宜許多！每天都可以來！

我張大嘴巴，咬了一口鬆軟鮮奶油麵包。

露出的不只是鮮奶油，也包括我的笑容。

超厚煎餅淋上奶油與蜂蜜。雖然有人說煎餅是減肥的大敵，但屈服於這樣的美味或許也不錯。明明簡單卻很好吃！

以草莓聖代的草莓酸味復原口中的味道，同時高雅地享用糖漬水果。啊，這是上流階級的滋味！

「果然只有用餐，獨自一人才能打從心底享受呢♪」

之後可能會吃太多而消化不良，但沒有任何問題。

因為這可是光榮證明的消化不良呢。

完

☆個人筆記☆

陽光咖啡廳

當季午餐拼盤　一千兩百戈爾德

花一千兩百戈爾德享受可愛。
藉由可愛填飽肚子的女孩可以選擇這種店，需要的就是這種店。在可愛的店鋪定期確認可愛的女孩，這種工作樸素而重要。如果對美的意識馬馬虎虎，不分男女老幼都會變成老阿公老阿婆（是我剛才想到的格言）。

☆個人筆記☆

迴轉麵包　石倉庫

善枝侯國五號路伊拉庫薩筋十字路口店

五號馬路沿線有許多可全家用餐的大型店，十分可貴。由於很受歡迎，假日的中午與晚上經常得等待一段時間，需要注意。
副餐的品質不斷提升，若是冷靜思考，會發生照理來說已經陷入困境，看起來卻一直遵守王道的神祕現象。

© Benio

後記

各位讀者好久不見，我是森田季節。

《狩獵史萊姆三百年》終於進入了第八集呢。

我撰寫輕小說進入第十一個年頭，集數上頂多寫過兩次總共七集的作品。換句話說，這是我個人的新紀錄，心中有些發熱呢。

附帶一提，總共七集的其中一部作品，是與本作史萊姆同一間出版社ＧＡ文庫的《你的侍奉只有這點程度嗎？》。有興趣的讀者敬請搜尋看看（直接打廣告）。

接下來，這次依然依照慣例，有許多必須向各位介紹的資訊。

首先，漫畫版第三集與本書幾乎同時發售！漫畫版的官方發售日早一天，所以可能已經在架上販售囉！

紀念（幾乎）同時發售，還舉辦雙重好禮活動！

贈送分別使用封面插圖，Ｂ２尺寸的掛軸！

掛軸採取抽獎贈送，不過所有報名者都能獲贈待機桌布，所以敬請各位踴躍參加吧！報名期限至二〇一九年一月十二日。

緊接著——確定要製作第三回廣播劇ＣＤ囉！

《狩獵史萊姆三百年》第九集要同時發售附贈廣播劇ＣＤ的限定特裝版！

另外預定於三月發售。若各位讀者為了買限定版而存壓歲錢，或是省下要給親戚小孩的壓歲錢（真小氣）就太好了！

第三回的內容，大致上是由法露法與夏露夏雙胞胎為主角。

劇本已經寫好，敬請期待雙胞胎以外，亞梓莎與萊卡等其他角色的活躍！

然後——漫畫版銷量似乎累計突破了四十五萬本喔！

光是漫畫版就賣了四十五萬本，代表與小說銷量相加後，數字該不會很驚人吧……雖然心裡這麼想，不過原作還是像持續狩獵史萊姆一樣，一步一腳印地努力吧。

漫畫版出了第三集，代表シバユウスケ老師描繪的亞梓莎等角色也展現出老師獨特的風格吧。敬請各位讀者也支持在漫畫版中活躍的亞梓莎等角色。

最後一項通知——從原作小說第五集到第七集刊載的別西卜外傳，要出漫畫版囉！

作畫由村上メイシ老師負責！預定今年冬季在Gan Gan Online上連載！以為小說只有六話，會很快完結的各位讀者，敬請放心！還會不斷推出新的劇情喔！

我也看過了分鏡，畫的是與シバユウスケ老師的原作漫畫版不一樣，別西卜的成長物語！

亞梓莎是在不知不覺中變強，別西卜則是透過自我奮鬥，努力讓自己不負魔族大臣的職位。如果各位讀者能支持一心一意的別西卜，身為原作者真的會感到很高興。

提到亞梓莎不知不覺變強，在第八集亞梓莎終於變得更強了。

或許有人會吐槽，之前不是已經最強了嗎？不過在戰鬥系作品中，戰鬥力膨脹是常見現象，所以這是常有的事情。雖然這部作品絕對不會被歸類為戰鬥系。

總而言之，是以高原之家為據點，遇見許多家人與夥伴，同時亞梓莎多半也隨之成長，因此進入更強的篇章。

另一方面，本集還有魔族利用古代魔法開始搞怪，或是引發各式各樣的變化。當然，人物還是原本的人物沒變，但希望各位讀者能享受各角色的微妙變化。

另外從這一集開始，在卷尾也刊載哈爾卡拉的外傳小說。

容易惹麻煩的哈爾卡拉，在吃飯這件事陷入苦戰！

還有，雖然是以異世界為舞臺，但添加了一部分作者的實際體驗。我的興趣之一就是漫遊日本各地，也曾經好不容易找到出乎意料的餐點……該作品充滿了這些採訪的成果（？），敬請各位多多指教！

最後是致謝詞。包括新角色，幫忙繪製許多充滿魅力插圖的紅緒老師，非常感謝您！

尤其我看到這次的封面時，感覺這次的插圖特別帥氣。由於這次還舉辦了本插圖的贈品抽獎活動，我也想趕快看到範本。

真的非常感謝各位支持本作品的讀者！

到了明年，我們第九集再會吧！

森田季節

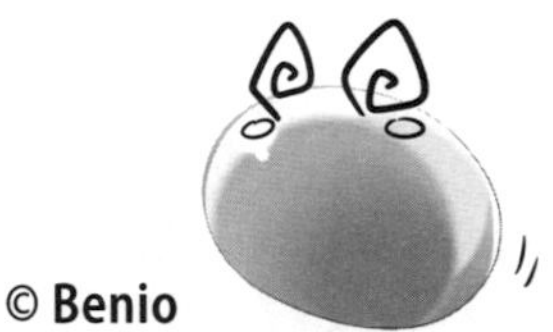

© Benio

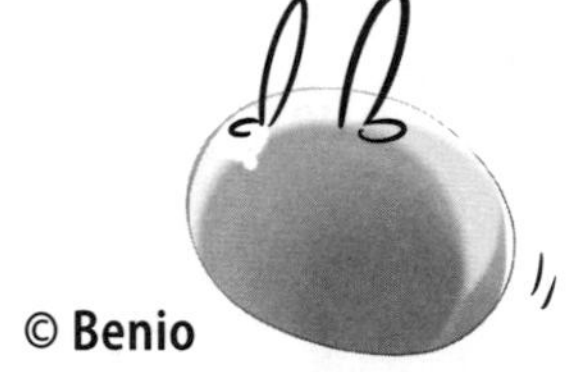

浮文字

持續狩獵史萊姆三百年，不知不覺就練到LV MAX（08）

（原名：スライム倒して300年、知らないうちにレベルMAXになってました8）

作者／森田季節　封面插畫／紅緒　譯者／陳冠安
發行人／黃鎮隆　總經理／陳君平
經理／洪琇菁　國際版權／黃令歡
執行編輯／呂尚燁　美術主編／陳聖義
企劃宣傳／邱小祐
出版／城邦文化事業股份有限公司　尖端出版
台北市中山區民生東路二段一四一號十樓
電話：（〇二）二五〇〇七六〇〇　傳真：（〇二）二五〇〇二六八三
E-mail：7novels@mail2.spp.com.tw
發行／英屬蓋曼群島商家庭傳媒股份有限公司城邦分公司　尖端出版
台北市中山區民生東路二段一四一號十樓
電話：（〇二）二五〇〇—七六〇〇（代表號）
傳真：（〇二）二五〇〇—一九七九
中部以北經銷／楨彥有限公司
電話：（〇二）八九一九—三三六九
傳真：（〇二）八九一四—五五二四
雲嘉經銷／智豐圖書股份有限公司　嘉義公司
電話：（〇五）二三三—三八五二
傳真：（〇五）二三三—三八六三
南部經銷／智豐圖書股份有限公司　高雄公司
電話：（〇七）三七三—〇〇七九
傳真：（〇七）三七三—〇〇八七
一代匯集／香港九龍旺角塘尾道六十四號龍駒企業大廈十樓B&D室
電話：（八五二）二七八三—八一〇二
傳真：（八五二）二七八二—一五二九
馬新總經銷／城邦（馬新）出版集團　Cite(M)Sdn.Bhd.
E-mail：Cite@cite.com.my
法律顧問／王子文律師　元禾法律事務所
台北市羅斯福路三段三十七號十五樓
二〇二〇年十月一版一刷
二〇二一年六月一版二刷

■中文版■

郵購注意事項：
1. 填妥劃撥單資料：帳號：50003021戶名：英屬蓋曼群島商家庭傳媒(股)公司城邦分公司。2. 通信欄內註明訂購書名與冊數。3. 劃撥金額低於500元，請加附掛號郵資50元。如劃撥日起 10～14日，仍未收到書時，請洽劃撥組。劃撥專線TEL：(03) 312-4212 ・ FAX：(03) 322-4621。E-mail：marketing@spp.com.tw

國家圖書館出版品預行編目資料

持續狩獵史萊姆三百年，不知不覺就練到LV MAX(08) /
森田季節著 ； 陳冠安 譯.--1版.
--臺北市：尖端出版, 2020.10 面 ; 公分.--(浮文字)
譯自:スライム倒して300年、
知らないうちにレベルMAXになってました8
ISBN 978-957-10-9169-3(第8冊：平裝)

861.57 109013234